Chère lectrice,

Ce mois-ci, ne ratez pas le dernier tome de « La fierté des Corretti », la saga qui nous fait vibrer depuis le mois d'avril. Dans *Scandale au palazzo* (Azur n° 3534), la talentueuse Maisey Yates lève enfin le voile sur les secrets qui entourent l'événement le plus scandaleux de l'année : l'annulation du mariage qui devait unir les familles ennemies des Battaglia et des Corretti. Et quelle meilleure raison que l'amour pour justifier un tel scandale ? L'amour qu'Alessia Battaglia et Matteo Corretti, le cousin de l'homme qu'elle devait épouser, ressentent l'un pour l'autre depuis l'enfance. Un amour qu'ils ne pourront vivre pleinement qu'après avoir fait la paix avec le lourd héritage de leurs tumultueuses familles.

Pour une dernière fois, laissez-vous emporter dans l'univers envoûtant des Corretti, sur les chemins de leur Sicile natale, terre de passion et de secrets…

Très bonne lecture !

La responsable de collection

D1363022

Le serment du désert

LYNN RAYE HARRIS

Le serment du désert

collection *Azur*

éditions ✦ HARLEQUIN

Collection : Azur

Cet ouvrage a été publié en langue anglaise
sous le titre :
MARRIAGE BEHIND THE FAÇADE

Traduction française de
HANNAH PASCAL

HARLEQUIN®
est une marque déposée par le Groupe Harlequin
Azur® est une marque déposée par Harlequin S.A.

ÉDITIONS HARLEQUIN
83-85, boulevard Vincent-Auriol, 75646 PARIS CEDEX 13.
Service Lectrices — Tél. : 01 45 82 47 47

www.harlequin.fr
ISBN 978-2-2803-0770-3 — ISSN 0993-4448

1.

C'était fait. Sydney Reed lâcha son stylo, les mains moites, et fixa les documents qu'elle venait de signer.

Sa demande de divorce.

Son cœur battait dans sa gorge nouée. Elle avait l'impression qu'on venait de lui arracher jusqu'au dernier souvenir de son bonheur désormais passé. Mais c'était absurde, car le prince Malik ibn Najib Al Dakhir ne lui avait jamais apporté le bonheur.

Elle sentit un frisson lui parcourir l'échine. Non, il ne lui avait apporté que douleur et confusion et, malgré tout, son seul nom réveillait en elle des émotions troubles. Son cheikh si exotique. Son amant parfait. Son époux. Ou plutôt, *ex-époux*.

Sydney glissa les papiers dans l'enveloppe, appela son assistante et lui tendit l'épaisse enveloppe d'une main tremblante.

— Donnez ça au coursier, s'il vous plaît. C'est urgent.

— Bien, miss Reed.

Miss Reed. Pas « princesse Al Dakhir ». Plus jamais on ne l'appellerait ainsi.

Elle remercia la jeune femme d'un signe de tête, de crainte de ne pas réussir à parler, et se tourna vers son ordinateur. L'écran était un peu flou, mais elle ravala ses larmes et se remit au travail, sélectionnant une série de propriétés pour le nouveau client à qui elle devait faire visiter une villa en fin d'après-midi.

C'était ainsi que tout avait commencé un an et demi plus tôt avec Malik. L'un de ses employés avait appelé l'agence immobilière de ses parents et pris rendez-vous pour lui. Sydney n'avait jamais entendu parler de Malik, mais elle s'était renseignée sur son compte avant de le rencontrer.

Elle avait appris qu'il était prince de Jahfar. Frère d'un roi. Cheikh, à la tête d'un vaste domaine. Richissime. Célibataire. Séducteur. *Très* séducteur. Elle avait même trouvé une photo d'une actrice en larmes, amoureuse abandonnée, quittée pour une autre du jour au lendemain.

Le premier sentiment que Sydney avait ressenti à l'égard de Malik avait été l'antipathie. Elle éprouvait un certain mépris pour cet homme qui brisait les cœurs avec tant d'insouciance. Non qu'elle se sente directement concernée : elle n'était ni assez belle, ni assez glamour, ni assez sophistiquée pour qu'un play-boy de son acabit s'intéresse à elle. Mais elle avait des principes.

Ah, et finalement elle s'était bien fait avoir, n'est-ce pas ? Malik était si charmant, si suave… Si différent de tous les hommes qu'elle connaissait. Quand il lui avait témoigné de l'intérêt, elle avait été incapable de lui résister. Elle n'en avait pas eu envie. Elle s'était sentie flattée.

Elle s'était sentie belle, accomplie, exceptionnelle — pleine de qualités qu'elle n'avait jamais possédées. Une pointe de douleur vint tarauder son cœur. Malik savait, comme personne, donner à une femme l'impression qu'elle était le centre du monde, et c'était le paradis. Jusqu'à ce qu'il se lasse…

Sydney serra les lèvres. Elle saisit les annonces qu'elle venait d'imprimer et les fourra dans sa mallette, puis se leva pour passer sa veste de coton blanc. Elle refusait de s'apitoyer sur son sort un instant de plus. Cette époque-là était derrière elle.

Elle était partie — Malik avait dû être bien content de se débarrasser d'elle aussi facilement — et aujourd'hui, après un an, il était temps de couper les ponts pour de bon. C'était le but de ce divorce. Elle s'était attendue à ce que Malik s'en charge lui-même, mais, de toute évidence, leur histoire n'avait pas assez d'importance à ses yeux pour qu'il se donne cette peine. Son cœur, Dieu sait pourquoi, était pris dans la glace, et ce ne serait pas elle qui l'en libérerait.

Sydney prévint son assistante qu'elle partait, passa dire bonsoir à sa mère dans son bureau et marcha jusqu'à sa voiture. Elle roula pendant plus d'une heure, ralentie par les embouteillages, avant d'arriver à la maison de Malibu où elle devait retrouver son client. Elle se gara et jeta un coup d'œil à sa montre. Il serait là dans un quart d'heure.

Elle agrippa le volant et se força à respirer calmement quelques minutes. Elle se sentait brisée, désarticulée, à l'idée qu'elle avait envoyé les papiers et que tout était fini. Mais c'était ainsi. Elle devait tourner la page.

Elle entra dans la maison, alluma les lumières et ouvrit les lourds rideaux, révélant une vue époustouflante sur l'océan. Machinalement, elle regonfla les coussins et les oreillers, vaporisa un parfum d'intérieur à la cannelle et régla le tuner de la chaîne hi-fi sur une radio jazz diffusant une musique douce. Puis elle sortit sur la terrasse et consulta ses courriels sur son mobile en attendant que le client arrive. A 7 h 30 précises, la sonnette retentit. Elle prit une inspiration.

Que le spectacle commence...

Posant la main sur la poignée, elle plaqua un énorme sourire sur son visage. *Toujours accueillir les clients avec chaleur et enthousiasme* - premier commandement du bon agent immobilier, selon sa mère. Sydney n'était peut-être pas la meilleure commerciale de la famille Reed, mais elle faisait beaucoup d'efforts. Elle n'avait pas le choix.

Elle savait qu'elle décevait ses parents. Qu'ils se demandaient constamment pourquoi elle ne ressemblait pas plus à sa sœur Alicia, qui réussissait tout ce qu'elle entreprenait. La seule réussite de Sydney, à leurs yeux, c'était d'avoir épousé un prince ; quand elle leur avait annoncé la nouvelle, elle avait bien senti qu'ils débordaient de fierté. Mais là aussi, elle avait échoué, n'est-ce pas ? Ses parents n'avaient rien dit, secouant la tête avec un sourire poli, mais elle savait qu'ils étaient déçus.

Elle ouvrit la porte et, aussitôt, son sourire se fissura.

— Bonjour, Sydney.

Elle resta paralysée, incapable de parler, de respirer, hypnotisée par le regard étincelant de l'homme qui se tenait sur le seuil. Le chant d'un oiseau, dans un arbre proche, parvenait étrangement déformé à ses oreilles. Il était là, devant elle, l'homme qu'elle n'avait pas vu, sauf dans les journaux et à la télévision, depuis un an. Et — maudit soit-il ! — il était toujours aussi magnifique. Rude, dur et beau comme le désert. Elle avait cru qu'il était à elle, un jour. Comme elle s'était trompée…

— Que fais-tu ici ? se força-t-elle à lui demander.

— Ça ne se voit pas ? dit-il en haussant un sourcil. Je cherche une maison.

— Tu as une maison. C'est moi qui te l'ai vendue.

— Oui, mais je ne l'ai jamais aimée.

Sydney sentait son sang bouillir et fuser dans ses veines.

— Alors pourquoi l'avoir achetée ? répliqua-t-elle d'un ton sec.

Une lueur surgit dans les yeux de Malik, et Sydney dut rassembler toutes ses forces pour ne pas faire un pas en arrière. Il était vraiment l'essence du mâle. Grand, ténébreux, puissant. Il lui suffisait d'apparaître pour asseoir sa domination sur tout ce qui l'entourait. Y compris sur elle.

Elle avait été *à lui*. Et elle le serait encore, si elle n'avait pas découvert combien vivre avec lui pouvait être destructeur. Si elle n'avait pas refusé de se donner tout entière et sans conditions à un homme qui, en retour, lui accordait aussi peu d'importance. Elle sentit un nœud de douleur se resserrer au plus profond d'elle-même, tandis que Malik laissait échapper un sourire froid.

— J'ai acheté cette maison parce que tu voulais que je l'achète, *habibti*.

Les pieds de Sydney étaient cloués au sol. L'émotion lui retournait le ventre. La douleur. La colère. Elle avait fait tout ce qu'elle pouvait pour oublier Malik, pour se convaincre que leur histoire était bien finie, allant jusqu'à lire tout ce qu'elle pouvait trouver comme articles à son sujet, y compris ceux qui la crucifiaient en relatant ses dernières conquêtes. Elle s'attendait à ce qu'il revienne à Los Angeles, et elle s'était dit que, si elle le croisait de nouveau, elle le traiterait avec toute l'indifférence dont elle était capable. Elle ne devait pas se laisser attendrir.

Elle s'éloigna de la porte, déterminée à rester froide et hautaine. Elle n'avait pas besoin de lui. Elle n'avait jamais eu besoin de lui. *Mais bien sûr !* A qui espérait-elle faire croire ça ? Pourtant, même si, à l'intérieur, elle était en mille morceaux, elle devait tenir bon. Ne rien laisser paraître.

— Mais oui, dit-elle. Suis-je bête ! Tout le monde sait que tu te plies toujours à la volonté des autres…

Malik entra et ferma la porte derrière lui.

— Seulement si ça m'amuse.

D'un seul coup, l'entrée de la villa parut beaucoup trop petite à Sydney. Malik occupait tout l'espace. Elle arrivait même à sentir l'odeur de son savon, une création spéciale qu'il faisait venir de Paris. Elle lui jeta un coup d'œil furtif. Il portait un costume gris pâle, sans aucun doute taillé sur mesure, et une chemise bleu-gris dont le col déboutonné révélait le creux de sa gorge. Elle connaissait le goût de sa peau à cet endroit, sa texture sous sa langue.

Le cœur battant à toute allure, elle se détourna pour se diriger vers les portes-fenêtres, montrant la terrasse et la mer.

— Alors dis-moi, est-ce que ça t'amuserait d'acheter

une maison avec une vue aussi magnifique ? Parce que ça arrangerait bien mes affaires.

— Si tu as besoin d'argent, Sydney, il suffit de demander.

Il dit cela d'une voix tranquille, détachée, comme s'il informait son valet qu'entre la cravate rouge et la bordeaux, il n'avait pas de préférence. Sydney sentit l'amertume l'envahir. C'était tellement lui, ce ton ! Rien n'éveillait jamais ses émotions. Son erreur avait été précisément de croire qu'elle-même, par quelque miracle, aurait ce pouvoir.

Comme tu t'es trompée, ma pauvre...

Elle se tourna vers lui.

— Je ne veux pas de ton argent, Malik. Et j'apprécierais que tu sortes d'ici avant que mon véritable client arrive. Si tu as quoi que ce soit à me dire, tu peux passer par mon avocat.

Il la fixa, l'œil brillant. Sydney sentit son ventre se serrer. Etait-ce de la colère qu'elle voyait brûler là, ou bien un autre genre de feu ?

— Ah, oui, dit-il avec condescendance. Le divorce.

De la colère, donc. Il n'avait pas l'habitude qu'elle se rebiffe. Parce qu'elle ne l'avait encore jamais fait — jamais jusqu'à aujourd'hui. Elle croisa les bras sur sa poitrine. Elle savait que c'était un geste défensif, mais elle s'en moquait.

— Je ne te demande rien de plus que de signer ces papiers.

— Alors, tu as fini par t'en occuper.

Il n'y avait pas la moindre trace de chagrin ou de surprise dans sa voix. Toujours parfaitement calme, son seigneur du désert. Cette nonchalance la mettait hors d'elle. Mais soudain, un doute l'envahit.

— Ce n'est pas pour ça que tu es venu ?

Cela faisait un peu plus d'une heure qu'elle avait confié les papiers à son assistante. Malik pouvait les avoir déjà reçus, mais, dans ce cas, comment avait-il su qu'elle était là et l'y avait-il rejointe aussi vite ? Tout à coup, elle comprit.

— Il n'y a pas de client, n'est-ce pas ? Tu as appris

que je pensais à divorcer et ça t'a piqué dans ton orgueil, alors tu m'as fait venir ici pour me dire… je ne sais quoi.

C'était tout à fait son genre. Il orchestrait tout à sa guise. Si quelque chose lui déplaisait, il ne se résignait pas, même si, dans le cas présent, elle ne voyait pas bien ce qui pouvait le tracasser. Il inclina la tête.

— Je me suis dit que c'était la meilleure manière de te revoir. Et la moins susceptible d'attirer les paparazzi.

Une vague de chaleur submergea Sydney. Des émotions brûlantes menaçaient de la consumer — de la colère, et un autre sentiment aussi, plus sombre et secret. Un sentiment qui remontait aux nuits voluptueuses qu'ils avaient passées ensemble, enlacés dans des draps soyeux, et où il l'avait caressée, pénétrée, possédée. Ne pourrait-elle donc jamais le regarder sans repenser à tout cela ?

Elle avait cru que ces nuits étaient les seuls moments où Malik s'ouvrait à elle et lui laissait entrevoir sa vulnérabilité. Mais elle n'était plus dupe. Elle ferma les yeux et déglutit avec peine. Elle transpirait. Elle se retourna vers la terrasse, ouvrit grand les portes pour laisser entrer la brise marine. Il faisait toujours trop chaud quand Malik était dans les parages.

Et à présent, il était juste derrière elle. Elle n'avait pas besoin de vérifier ; elle sentait sa présence. Il dégageait une énergie qu'elle n'avait jamais pu ignorer. Sa nuque picotait. Ses oreilles bourdonnaient. Elle n'avait qu'un geste à faire pour se jeter dans ses bras et connaître de nouveau le plaisir extraordinaire de leurs étreintes, et, au fond d'elle-même, elle en avait envie. Mais comme elle s'en voulait d'avoir envie ! Elle n'était plus si faible à présent, bon sang ! Elle était forte, capable de résister aux pulsions animales, insensées, qui la poussaient vers cet homme.

Elle devait leur résister — ou en payer le prix.

Elle fit volte-face et recula d'un pas en découvrant Malik encore plus près qu'elle ne l'aurait cru.

— Tu n'as jamais pris la peine de me contacter, dit-elle d'une voix tremblante malgré sa détermination. Jamais, pendant un an. Qu'est-ce que tu viens faire ici aujourd'hui ?

Elle vit un éclair de rage luire dans son regard, crisper sa mâchoire. Il était si beau ! Les cheveux noirs brillants, les traits ciselés, le corps musclé, la peau bronzée, comme saupoudrée d'or. Et les lèvres les plus sensuelles de la Création — des lèvres qui savaient l'amener jusqu'au bord de l'extase et l'y faire basculer, encore et encore. Un léger frisson parcourut son échine. Comment avait-elle pu imaginer qu'un apollon pareil s'intéressait vraiment à elle ?

Il ignora sa question.

— Pourquoi t'aurais-je couru après, Sydney ? Tu as choisi de partir. Tu aurais pu choisir de revenir.

Encore une preuve que son départ ne lui avait fait ni chaud ni froid… Elle se redressa.

— Je n'avais pas le choix.

Malik poussa un soupir de mépris.

— Vraiment ? On t'a forcée à me quitter ? On t'a forcée à t'enfuir de Paris au beau milieu de la nuit avec ta valise, en laissant un mot sur le plan de travail de la cuisine ? Qui t'a forcée ? Je veux bien que tu me la présentes, cette personne qui a tant de pouvoir sur toi.

Sydney se raidit. A l'entendre, elle raisonnait de manière puérile, ridicule.

— Ne fais pas semblant d'avoir été dévasté par mon départ. Nous savons tous les deux ce qu'il en est.

Il ne répondit rien et passa devant elle en la frôlant, s'avançant entre les portes-fenêtres, le visage tourné vers l'océan. Chaque seconde de silence flétrissait un peu plus le cœur de Sydney. Mais comment pouvait-elle encore espérer qu'il allait la contredire ?

— Evidemment que ça ne m'a pas dévasté, déclara-t-il d'un ton froid — puis il se retourna vers elle, la harponna du regard et poursuivit d'une voix plus dure : Mais je suis un Al Dakhir et tu es ma *femme*. Tu n'as pas réfléchi une seconde à l'embarras que ça me causerait ? Que ça causerait à ma famille ?

Sydney frémit de colère et de déception. Elle aurait aimé qu'il admette qu'elle lui avait au moins un peu manqué, mais, bien sûr, ce n'était même pas le cas. Malik n'avait besoin de personne. C'était une force de la nature qui n'appartenait qu'à lui-même.

— C'est pour ça que tu es ici ? Parce que je t'ai fait honte en partant ?

Elle prit une inspiration tremblante. L'adrénaline se ruait dans ses veines, les larmes lui piquaient les yeux, mais elle était bien décidée à garder son calme.

— Eh bien dis donc, reprit-elle, tu es long à la détente.

Il fit un pas vers elle. Sydney releva le menton, refusant de se laisser intimider, mais Malik s'arrêta et mit les mains dans ses poches. Le grand prince se maîtrisait une fois de plus et la considérait avec hauteur.

— Tu n'avais pas à partir, Sydney. Nous pourrions vivre chacun de notre côté ; c'est presque la norme, même si en général cela ne vient qu'après la naissance d'un ou plusieurs héritiers. Mais un divorce, c'est tout à fait autre chose.

— Alors c'est le divorce qui te cause de l'embarras, pas le fait que je sois partie ?

Comme si elle pouvait envisager d'avoir des enfants avec lui. Pour qu'il la laisse les élever seule pendant qu'il batifolait avec ses maîtresses ? Certainement pas ! Dire qu'un jour elle avait cru que leur couple avait de l'avenir, alors qu'ils venaient de milieux si différents, lui le prince du désert et elle la petite Sydney Reed de Santa Monica, en Californie. C'était presque risible.

— Je t'ai laissé du temps pour réfléchir, reprit Malik. Mais il y a des limites.

Sydney écarquilla les yeux de colère.

— Attends, *toi* tu m'as laissé du temps pour réfléchir ? Non mais c'est du délire…

Il lui jeta un regard furieux.

— Est-ce que c'est une façon de parler pour une princesse ?

— Je ne suis *pas* une princesse, Malik.

Même si elle en était une d'un point de vue officiel, puisque l'épouse du prince acquérait ce titre, elle n'en avait jamais eu le sentiment. Malik ne l'avait jamais emmenée à Jahfar, elle n'avait jamais vu son pays, n'y avait jamais été accueillie par sa famille. En fait, elle n'avait même jamais rencontré un seul membre de sa famille. Cela aurait dû lui mettre la puce à l'oreille.

La honte l'envahit de nouveau, cuisante. Comme elle avait été naïve ! Malik ne l'avait pas choisie par hasard. Et pas non plus par amour, comme elle l'avait cru à l'époque. S'il l'avait épousée, c'était précisément parce qu'il savait qu'elle n'était pas, aux yeux des siens, la femme qu'il lui fallait. Il l'avait fait exprès, pour contrarier sa famille. Elle n'avait été que l'instrument de sa rébellion.

— Tu es toujours ma femme, Sydney, dit-il entre ses dents. Et tant que tu le resteras, tu te comporteras avec la bienséance qui convient à ta position.

Sydney serra les poings pour se retenir d'exploser.

— Je ne suis plus ta femme pour longtemps, Malik. Signe ces papiers et tu n'auras plus jamais à craindre que je te fasse honte.

Il s'approcha d'elle lentement, si lentement qu'elle se sentit prise au piège. Son instinct lui criait de fuir, mais ç'aurait été s'avouer vaincue, alors elle se tint immobile tandis qu'au-dehors les vagues se brisaient sur le sable, que son cœur battait *crescendo* et que Malik s'approchait, à tel point qu'elle put bientôt humer l'odeur de sa peau et sentir son haleine sur son visage.

Il fit glisser sa main sur sa joue, et la caresse était si légère qu'elle se demanda si elle n'était pas en train de l'imaginer. Ses yeux étaient sombres, son expression indéfinissable. A présent, il effleurait sa nuque. Sydney dut se faire violence pour résister au désir de fermer les yeux et de lever le visage vers lui — de sentir encore une fois le goût de ses lèvres contre les siennes.

Alors il parla, d'une voix semblable à un grondement souterrain, au chant irrésistible d'une sirène.

— Tu as encore envie de moi, Sydney.

— Non, dit-elle avec fermeté.

Mais ses jambes tremblaient, son corps entier vibrait d'excitation. Son cœur allait jaillir de sa poitrine s'il n'enlevait pas sa main de sa joue.

— Je ne te crois pas, dit-il.

Elle vit son visage flotter tout près du sien, de plus en plus près et, l'espace d'un instant, elle s'abandonna, laissa leurs bouches se presser l'une contre l'autre. L'espace d'un instant, elle fut perdue dans le temps, projetée au cœur d'une autre journée, d'une autre maison, d'un autre baiser.

Une flèche de douleur lui transperça la poitrine. Etait-elle condamnée à souffrir éternellement à cause de lui ? Elle posa les mains sur le tissu luxueux de sa veste, en saisit le col entre ses doigts crispés — et le repoussa, avec force.

Malik fit un pas en arrière. Les muscles de son visage se tendirent sous sa peau et, dans la lumière rougissante qui creusait ses joues, il lui parut plus dur que dans son souvenir. Plus triste, aussi.

Sauf que Malik n'était pas triste. Pourquoi l'aurait-il été ? Il n'avait jamais tenu à elle. Il avait usé de son charme pour la mener en bateau et, comme une imbécile, elle y avait cru !

— Tu ne m'avais jamais repoussé, dit-il.

— Je ne pensais pas avoir besoin de le faire.

— Mais maintenant, tu le penses.

— Est-ce que j'ai tort ? Qu'est-ce que tu cherches, Malik ? A me montrer que c'est toi qui as le pouvoir ? A prouver que tu es encore irrésistible ?

Il inclina la tête sur le côté.

— Le suis-je ?

— Pas du tout.

— Dommage.

— Oh non, au contraire.

Sydney commençait à sentir le sang battre à ses tempes, chargé de trop d'adrénaline, de trop de colère.

— Bon, dit Malik. Tant pis. Ça ne change rien, même si ça risque de rendre les choses plus difficiles.

Sydney cligna les paupières.

— Quelles choses ?

— Notre mariage, *habibti*.

Il était d'une cruauté infinie.

— Il n'y a plus de mariage, Malik. Signe les papiers et c'est fini.

Il esquissa un rictus qui n'avait rien d'un sourire.

— Ah, mais ce n'est pas si simple, ma chère. Je suis un prince de Jahfar. Il y a un protocole.

Sydney s'agrippa à la poignée de la porte pour ne pas vaciller. Elle avait les genoux en coton et ne se sentait plus si stable, tout à coup, perchée sur ses hauts talons.

— Un protocole ?

Malik planta son regard dans le sien. Etait-ce de la pitié qu'elle y lisait ? Quand il parla enfin, les nerfs de Sydney étaient sur le point de craquer.

— Nous devons aller à Jahfar…

— Quoi ?

— Et nous devons y vivre comme mari et femme pendant une période de quarante jours…

Comme d'habitude, il ne laissait transparaître aucune émotion. Sydney se sentait mourir à l'intérieur.

— Non, murmura-t-elle.

Il ne réagit pas.

— Alors, seulement, nous pourrons déposer une demande de divorce auprès de mon frère le roi.

2.

Sydney se glissa sur la terrasse et se laissa tomber dans un transat. Face à elle, l'océan Pacifique dévidait inlassablement ses vagues sur le rivage. L'eau enflait et moussait, roulant sur elle-même avec un rugissement sourd.

Malik était comme l'océan, songea-t-elle avec angoisse. Il pouvait déferler sur elle, l'entraîner avec lui, annihiler sa résistance. C'est en partie pour cela qu'elle était partie : elle avait conscience de s'être diluée et perdue elle-même dans la vague qu'était Malik. Cela lui avait fait peur.

Presque aussi peur que de découvrir quels sentiments il éprouvait envers elle. Elle frissonna.

Finalement, elle se détourna de l'océan qui rougissait sous le soleil couchant et leva les yeux vers Malik. Il regardait droit devant lui, les mâchoires serrées. Elle pressa les mains contre son ventre noué.

— Dis-moi que c'est une plaisanterie…

Il tourna les yeux vers elle. Son beau visage était si sérieux, si sombre… Même dans ces circonstances, elle ressentit comme un élancement, une douleur, en le regardant. Elle refusa de se demander d'où venait cette sensation, ce qu'elle signifiait — elle ne voulait pas le savoir. Elle voulait en avoir fini avec lui. Pour toujours.

— Ce n'est pas une plaisanterie. Je suis assujetti à la loi jahfarienne.

— Mais nous ne nous sommes pas mariés là-bas !

Elle éclata de rire devant l'absurdité de la situation.

— Je ne suis jamais allée à Jahfar, je sais à peine le situer sur une carte ! Comment puis-je être assujettie à une loi étrangère complètement folle…

Il se raidit, comme si elle l'avait insulté, mais elle s'en moquait. Comment osait-il faire irruption dans sa vie après tout ce temps et lui dire qu'ils resteraient mariés pour toujours à moins qu'elle accepte de vivre quarante jours avec lui — et dans le désert, en plus ! On aurait cru un scénario hollywoodien.

— Je refuse, dit-elle en inspirant profondément l'air marin. Je n'ai pas, moi, à obéir aux lois de Jahfar. Contente-toi de signer les papiers et, de mon côté, ça suffira à rendre le divorce effectif.

Du coin de l'œil, elle le vit faire un pas de côté.

— Tu penses peut-être que c'est simple, mais je t'assure que tu te trompes. Tu as épousé un prince étranger, *habibti*.

— Nous nous sommes mariés à Paris…

— Ce n'est pas le lieu qui compte, dit Malik de cette voix douce et chaude qui avait encore le pouvoir de la faire frémir au plus profond d'elle-même. C'est la personne qui nous a mariés ; dans notre cas, un fonctionnaire de l'ambassade de Jahfar, ce qui signifie que notre mariage est régi par les lois jahfariennes. Si tu désires t'en dégager, tu dois m'accompagner et respecter le protocole.

Sydney leva la tête vers lui. Il la regardait, mais rien ne laissait deviner ce qu'il pensait. Elle sentit la colère l'envahir.

— Tu peux sans doute trouver un moyen de falsifier tout ça… Tu es le frère du roi !

— Et c'es*t* précisément pourquoi que je ne peux pas « falsifier tout ça », comme tu le dis. L'équité est pour mon frère une valeur fondamentale, et je peux te dire qu'il ne me laissera pas enfreindre la loi plus que n'importe lequel de ses sujets. Si tu veux divorcer, tu devras en passer par là.

Sydney ferma les yeux et se renversa contre les coussins du transat. C'était un cauchemar. Une immense blague.

Elle avait épousé Malik à la hâte et en secret — il n'y avait eu ni fête, ni musique, ni belles robes, rien de grandiose ni de royal. Ils s'étaient juste présentés au bureau d'état civil de l'ambassade ; elle se souvenait d'un fonctionnaire obséquieux qui appelait Malik *Votre Altesse* et s'inclinait sans arrêt, et d'une femme à l'air très impressionné qui avait rempli le registre des mariages et le leur avait fait signer.

Cela lui avait paru presque irréel, mais, juste après, la presse *people* s'était emparée de leur histoire et leurs photos s'étaient brusquement retrouvées dans les pages des magazines. Les paparazzi les pourchassaient toujours quand Sydney avait quitté Paris. Ils l'avaient d'ailleurs suivie à Los Angeles, pour se lasser finalement au bout de quelques semaines, car elle refusait de parler à qui que ce soit.

Depuis, il lui était bien arrivé de tomber de temps à autre sur une photo d'elle dans un journal, mais les paparazzi s'intéressaient beaucoup plus à Malik. C'était lui, la célébrité.

S'il y avait bien une chose qu'elle voulait éviter, c'était de voir les médias revenir vers elle quand, pour une raison ou une autre, Malik attirerait de nouveau l'attention du monde entier et que tous voudraient savoir comment sa pauvre épouse prenait les choses. Et c'était sans parler du jour où il tomberait amoureux d'une autre et voudrait l'épouser ! Que se passerait-il alors ? Est-ce que Sydney serait forcée de l'accompagner à Jahfar et de vivre quarante jours avec lui, peut-être en présence de sa maîtresse, pour qu'il puisse divorcer ? C'était hors de question !

— D'accord, dit Sydney. Si je dois y aller, j'irai.

Un frisson s'insinua dans son sang comme des gouttes de poison. Elle pouvait tenir quarante jours, si c'était la seule façon de mettre un terme officiel à leur mariage. Elle le pouvait, parce qu'il ne restait rien entre eux. Son cœur ne risquait plus rien. Le mal était déjà fait.

— Nous pouvons partir ce soir, dit-il. Mon avion est prêt.

Sydney frémit malgré elle. Que venait-elle d'accepter ? La panique la saisit, et bientôt elle en tremblait.

— C'est trop rapide. J'ai des choses à régler avant de quitter ce pays.

La dernière fois qu'elle s'était enfuie avec Malik, elle avait laissé sa vie sens dessus dessous. Cette fois, si elle allait quelque part, elle voulait que tout soit en ordre avant son départ. Cette fois, quand ce serait fini, elle reprendrait le cours de sa vie sans souffrance et en toute sérénité.

Elle était partie sans trop réfléchir, parce qu'il le lui avait demandé, puis, quand il lui avait demandé de rester avec lui, de l'épouser, elle avait accepté, impulsivement, sans repenser à sa vie à Los Angeles. Ses parents ne lui parlaient jamais de cette décision hâtive, mais elle était toujours présente à leur esprit quand ils la regardaient. Elle était l'impulsive, l'artiste de la famille, celle qui sautait dans le vide sans regarder en bas, et qui le payait ensuite...

Au prix fort... A son retour à Los Angeles, elle avait eu le cœur en miettes. Elle s'était demandé, dans les jours qui avaient suivi, si elle n'avait pas agi une nouvelle fois trop vite, et s'il n'aurait pas mieux valu rester à Paris et exiger de Malik des réponses aux questions angoissantes qu'elle se posait, mais elle devait s'y faire : il regrettait de l'avoir épousée. Il l'avait dit, et en discuter encore et encore n'y pourrait rien changer.

Elle l'aimait, bien sûr, mais elle ne pouvait supporter l'idée d'être un fardeau pour lui. Et c'était vraiment la sensation qu'elle avait eue au cours de la dernière semaine qu'ils avaient passée ensemble. Il avait changé, et c'était devenu trop dur pour elle. Jamais elle n'aurait imaginé qu'une année entière pourrait s'écouler sans qu'ils aient le moindre contact, mais au moins cela lui avait bien prouvé qu'il ne voulait plus d'elle dans sa vie.

— De combien de temps as-tu besoin ? demanda-t-il d'une voix tendue.

— Il me faut au moins une semaine.

En réalité, elle n'en savait rien, mais elle voulait garder le contrôle, cette fois-ci. Elle en avait besoin. Ce n'était pas grand-chose, mais c'était déjà ça.

— Impossible. Deux jours.

Sydney leva vers lui un regard furieux.

— Tu es sérieux, Malik ? Tu veux dire qu'en plus, le temps nous est compté ? Qu'il y a un programme précis à respecter heure par heure ? J'ai besoin d'une semaine. Je dois m'organiser à l'agence.

Et elle voulait aussi appeler son avocate, pour vérifier qu'il n'existait pas une autre solution, un vide juridique, peut-être, susceptible de tout changer.

Malik la toisa de toute sa hauteur, et son regard était intense, brûlant. Elle attendait sa réponse, le souffle court. Malik était un aristocrate. Un homme fier, hautain, habitué à obtenir ce qu'il voulait. Si seulement elle avait dit non quand il lui avait demandé de l'épouser — mais cela ne lui avait même pas traversé l'esprit ! Elle était trop impressionnée, et bien trop amoureuse de l'homme qu'elle pensait si différent.

Même s'il était un peu tard pour prendre ce genre de décision, elle avait résolu de ne plus jamais accepter aveuglément ses décrets.

— Accordé, dit-il d'un ton coupant. Une semaine.

Sydney acquiesça d'un signe de tête, le cœur battant aussi fort que si elle venait de courir un marathon.

— Parfait. Une semaine, alors.

Malik se retourna vers l'océan. Puis il opina du chef à son tour.

— Je la prends.

Sydney le regarda sans comprendre.

— Quoi donc ?

— La maison.

— Tu ne l'as pas vraiment vue…

C'était une villa magnifique, le genre de maison qu'elle-même ne pourrait jamais s'offrir, sauf dans ses rêves les plus fous, avec des pièces immenses et une vue à couper le souffle sur l'océan. Le genre de maison où elle pourrait avoir envie de peindre, songea-t-elle avec un petit pincement au cœur. Malik haussa les épaules.

— C'est une maison. Avec une belle vue. Ça ira.

De manière inexplicable, elle sentit la colère monter en elle. Il avait toujours cette même désinvolture vis-à-vis des choses, des êtres. Il lui suffisait de claquer des doigts pour obtenir ce qu'il voulait, puis pour s'en débarrasser quand il n'en voulait plus. Dans son monde, aucune décision n'avait de conséquence. Il n'y avait pas de prix à payer quand les choses ne fonctionnaient pas comme prévu. Il n'y avait que la maison suivante, le contrat suivant. La femme suivante. La contrariété de Sydney se mua en une rage sombre.

— Je crains que ce soit impossible, dit-elle. Quelqu'un d'autre a déjà fait une offre.

Malik ne cilla même pas.

— J'enchéris de vingt-cinq pour cent. Le propriétaire ne pourra pas refuser ça.

— Je crois qu'il a déjà accepté la première offre, dit-elle en pinçant les lèvres.

Mais, aussitôt, elle se sentit coupable de mentir. Le propriétaire de la villa n'avait pas à pâtir de sa colère contre Malik. S'il était prêt à acheter cette maison, il n'y avait pas de raison pour qu'elle refuse de la lui vendre.

— Attends, reprit-elle. Je vais tout de même vérifier.

Malik posa sur elle un regard sombre et brûlant.

— Je t'en prie.

Sydney se détourna et sortit sur la terrasse. Elle appela l'agence pour s'assurer qu'il n'y avait pas encore d'offre, puis revint vers Malik après avoir raccroché.

— Bonne nouvelle, annonça-t-elle à contrecœur. Si

tu peux t'engager sur un demi-million de dollars, la villa est à toi.

Elle avait encore gonflé le prix, parce qu'il affichait une attitude trop suffisante, trop nonchalante, et qu'elle ne pouvait pas se laisser traiter ainsi. Elle refusait de se sentir coupable ; d'ailleurs, ce qu'elle gagnerait en plus grâce à ce geste, elle le donnerait aux bonnes œuvres. Comme ça, au moins, l'argent de Malik servirait vraiment à quelqu'un.

— C'est d'accord, murmura-t-il. Si c'est ce qu'il faut pour l'avoir.

Sydney éprouva une nouvelle poussée d'amertume.

— Et tu seras heureux ici, Malik ? Ou vas-tu regretter cet investissement-là comme les précédents ?

La référence à leur histoire était implicite, mais claire. Elle ne voulait pas en dire plus.

— Je ne regrette jamais mes décisions, *habibti*. Si je change d'avis, je me débarrasse de la propriété, voilà tout.

— Bien sûr, dit-elle sèchement, le cœur battant de honte. C'est beaucoup plus facile.

Malik pouvait mettre au rebut tout ce qu'il ne désirait plus ou dont il n'avait plus besoin. Il l'avait fait toute sa vie. Il la regarda de son air supérieur.

— En effet. Je compte sur toi pour t'occuper rapidement de l'acte de vente ?

— Bien sûr.

— Si tu en as un sur toi, donne-le-moi, que je le signe tout de suite.

— Tu ne veux pas prendre le temps de le lire avant ?

— Pour quoi faire ?

— Et si j'augmentais le prix d'un million de dollars ?

— Je le paierais.

Sydney ouvrit sa mallette et en tira avec humeur un acte de vente vierge. Rapidement, elle y inscrivit le prix dont ils étaient convenus, puis poussa les papiers vers lui.

— Ta signature ici, dit-elle en pointant du doigt le bas du contrat.

Il signa sans hésiter, et elle se demanda si c'était juste de l'arrogance de sa part, de l'indifférence ou de la crédulité. Un quart de seconde plus tard, il levait vers elle des yeux durs et brillants comme de l'onyx et elle comprit qu'il n'y avait pas en lui la moindre once de crédulité. Il connaissait très bien la valeur réelle de cette propriété, il savait qu'elle avait gonflé le prix et il était disposé à le payer.

— Une semaine, Sydney, dit-il d'une voix qui fit courir un frisson dans tout son corps. Une semaine, et tu es à moi.

— Oh que non ! Votre Altesse, dit-elle d'une voix qui tremblait malgré sa détermination. C'est un contrat, rien de plus. Quarante jours à Jahfar contre toute une vie de liberté.

Il inclina la tête en signe d'acquiescement.

— C'est vrai. C'est tout à fait ça.

Et pourtant, quand il partit, la laissant seule avec l'océan qui déroulait ses vagues sur le rivage, derrière elle, elle avait le sentiment que rien, dans l'exécution de ce contrat, ne serait simple. Du moins pour elle…

3.

Il lui fallut une semaine et demie pour préparer son départ et prendre finalement un avion pour Jahfar. Ce délai contrariait Malik, il s'en plaignait dans ses messages, mais Sydney refusait de se laisser impressionner.

Quand Malik l'avait laissée seule dans la villa de Malibu, qui lui appartenait désormais, elle avait appelé Jillian, son avocate. Celle-ci avait tenté de l'aider, mais au bout du compte elle ne pouvait rien faire. Comme elle l'avait craint, et elle en avait averti Sydney avant de rédiger le document, un divorce américain n'était pas suffisant pour rompre son union avec Malik. Sydney avait espéré envers et contre tout qu'elle se trompait, mais dans tous les cas elle ne s'attendait pas à ce qu'une loi archaïque l'oblige à partir vivre quarante jours à Jahfar avec Malik.

Quarante jours… !

Sydney but une gorgée du champagne que lui avait apporté l'hôtesse. Elle était installée en première classe, dans un grand siège moelleux. Malik lui avait proposé de voyager avec lui à bord de son jet privé, mais elle avait insisté pour prendre un avion de ligne. Il était furieux, mais elle n'avait pas cédé, et il avait fini par s'envoler seul pour Jahfar quelques jours avant elle.

Elle sentit son ventre se serrer et reprit une gorgée de champagne. *Jahfar.* Qu'allait-elle trouver à son arrivée là-bas ? Qu'allait-elle ressentir ? C'était le pays de Malik et elle y serait, d'une certaine manière, à sa merci ; c'est pourquoi elle était décidée à garder autant que possible le contrôle de sa propre vie, en commençant par la réservation de ses billets d'avion.

L'appareil atterrit à Jahfar au petit jour. Alors qu'il roulait vers le bâtiment de l'aéroport, une hôtesse s'approcha d'elle en courant presque, serrant les mains devant elle d'un air angoissé, et s'inclina profondément. Sydney se sentit soudain mal à l'aise.

— Princesse Al Dakhir, je vous en prie, pardonnez-nous. Nous ne savions pas que vous étiez à bord.

— Je...

Sydney cligna les yeux et prit conscience de sa naïveté. En réalité, elle ne contrôlait rien du tout. Elle se sentit rougir.

— Au contraire, dit-elle, recouvrant son sang-froid. C'est très bien comme ça. Je ne voulais pas que ça se sache.

Elle se sentit horriblement prétentieuse de dire une chose pareille, mais quel choix avait-elle ? Si elle leur racontait tout par le menu, ils ne comprendraient pas.

L'hôtesse s'inclina de nouveau, puis un homme vint récupérer le bagage à main de Sydney et ils sortirent tous deux de l'avion tandis que les autres passagers restaient assis. Sydney avait les joues en feu et un puissant désir d'étrangler Malik dès qu'elle le verrait. Ce qui se produisit plus tôt qu'elle ne s'y attendait.

Le hall de l'aéroport fourmillait de gens vêtus à la mode locale ou occidentale, mais soudain tous s'écartèrent comme l'eau de la proue d'un bateau pour laisser passer un homme de haute taille et sa suite. L'homme portait une *dishdasha* blanche et la coiffe traditionnelle de Jahfar, et, détail incongru dans un aéroport, à sa taille pendait un poignard recourbé au manche incrusté de pierres précieuses. Mais ce n'était peut-être pas si surprenant étant donné le pays où ils se trouvaient. Ou l'identité de cet homme.

Avec un choc, Sydney prit conscience que cet homme

superbe en costume traditionnel était son époux. Une vague de chaleur se répandit au cœur de son être, ramollissant ses membres. Elle n'avait jamais vu Malik vêtu ainsi. Le résultat était… extraordinaire. Elle avait devant elle un cheikh, un vrai, authentique jusqu'au bout des ongles. Exotique, ténébreux. Sublime.

Malik s'avança vers elle de son pas arrogant, dardant sur elle un regard brûlant qui lui donna envie de rentrer sous terre. Elle devait avoir une allure épouvantable, après avoir passé toutes ces heures dans les airs. Alors que lui semblait tout droit sorti d'un conte des *Mille et Une Nuits*. Ah, si seulement elle pouvait remonter le temps de quelques heures et se changer, arranger ses cheveux, retoucher son maquillage…

Mais pourquoi, Sydney ? A quoi cela servirait-il ?

Malik lui avait peut-être fait l'amour encore et encore pendant les deux mois qu'ils avaient passés ensemble, mais c'était, de toute évidence, en vue d'exécuter son plan, car en temps normal ses goûts le portaient plutôt vers les reines de beauté et les mannequins vedettes.

Sydney releva le menton. Elle n'allait pas commencer à vouloir se cacher. Elle n'avait aucune raison d'avoir honte.

Malik s'arrêta devant elle et sa suite se déploya autour d'eux comme pour les protéger, sans trop s'approcher. Elle vit les yeux de Malik glisser sur son corps, puis remonter vers son visage. Elle avait la gorge sèche.

— Me voilà, dit-elle. Comme promis.

Aussitôt, elle regretta d'avoir été la première à parler, surtout pour dire une chose aussi idiote. C'était comme si elle venait de céder un peu de terrain dans la guerre qu'ils se livraient, comme si elle avait sacrifié ses troupes en oubliant de les armer.

Mais c'était sa faute, à lui. Il la rendait nerveuse à l'observer ainsi. Il regrettait sûrement d'avoir informé qui que ce soit qu'elle était sa femme. Elle manquait trop d'élégance dans son jean et son débardeur, avec sa veste bleu foncé et ses ballerines. On s'attendait à ce qu'une princesse soit bien plus chic, comme une star de cinéma. Elle aurait dû arborer le look des derniers défilés milanais, complété par des escarpins Louboutin et un sac Yves Saint-Laurent.

Enfin, de toute façon, elle n'était pas vraiment une princesse, et elle n'allait pas faire semblant d'en être une pendant les quarante jours à venir. Malik continuait à la regarder. Il haussa les sourcils.

— Eh oui, te voilà…

Le cœur de Sydney s'emballa d'un seul coup, et elle éprouva un bref éblouissement. Elle porta la main à sa poitrine, respirant profondément pour réguler son pouls. Malik paraissait inquiet.

— Qu'est-ce qui ne va pas ? Tu as besoin d'un médecin ?

Elle secoua la tête.

— Non, ça va. C'est juste un peu de tachycardie. Ça m'arrive, de temps en temps, surtout quand je suis fatiguée. Ce n'est rien.

Avant qu'elle ait le temps de réagir et malgré son cri de protestation, il la souleva de terre et elle se retrouva dans ses bras, tout contre lui. Il aboya des ordres aux hommes de sa suite.

— Malik, pour l'amour de Dieu, pose-moi par terre, cria-t-elle. Je vais bien !

Il ne l'écouta pas. Elle hésita à se débattre, puis se dit que rouler au sol avec lui était un risque qu'elle préférait ne pas prendre.

— S'il te plaît, repose-moi, supplia-t-elle alors qu'il se mettait en marche. C'est gênant…

Les gens les fixaient, les montraient du doigt en chuchotant. Malik ne semblait pas s'en soucier. C'était une sensation incroyable de se retrouver dans ses bras après tout ce temps. Son corps était ferme, puissant, et dégageait une chaleur qui lui rappelait les moments intimes qu'ils avaient partagés.

Il baissa vers elle son beau visage dont les traits fins se découpaient sur le coton rouge foncé de son keffieh. Personne ne pouvait douter que cet homme était un prince. Il en avait l'assurance, il était si plein de vie, d'énergie et de passion. Tout cela lui avait manqué.

Non. Non, elle n'allait pas se laisser glisser sur cette pente-là. Malik ne lui manquait pas. Pas du tout.

— Nous n'allons pas loin, dit-il. Je te poserai quand nous serons dans un endroit calme où tu pourras te reposer.

Elle tourna la tête pour regarder derrière eux. Ils avançaient vite. Les hommes de Malik se pressaient autour d'eux, devant eux, et leur groupe traversait l'aéroport comme une vague géante. Bientôt, ils passèrent des portes coulissantes et pénétrèrent dans une vaste pièce meublée de fauteuils moelleux, de tables et d'un bar. La lumière y était tamisée, l'air frais, et il y flottait une douce musique.

Malik la déposa dans l'un des fauteuils et aussitôt un verre d'eau gazeuse bien fraîche apparut devant elle.

— Bois, lui ordonna-t-il en s'asseyant en face d'elle.

Il lui tendit le verre.

— J'ai assez bu comme ça dans l'avion, dit-elle en repoussant sa main.

Il n'avait pas l'air convaincu.

— Il fait chaud à Jahfar, *habibti*. Et c'est une chaleur sournoise, qui frappe sans prévenir.

— Ce n'est pas d'eau que j'ai besoin, Malik. Je viens de passer vingt heures dans un avion, je suis épuisée. Il me faut juste un lit et six bonnes heures de sommeil.

Elle avait un peu dormi dans l'avion, mais pas assez. Elle était trop anxieuse. Et non sans raison. L'homme assis en face d'elle, cet être dur aux airs d'oiseau de proie, paraissait si puissant et inaccessible, si majestueux, qu'il aurait rendu nerveux un grand fauve. Avaient-ils réellement vécu ensemble ? Avait-elle partagé un seul moment de tendresse avec cet homme intimidant ?

— Alors, tu les auras, dit-il.

Il adressa un signe de tête à un homme qui sortit aussitôt par une nouvelle porte. Puis il lui prit la main et, tandis qu'elle essayait désespérément de réprimer les sensations que faisait naître en elle le contact de sa peau contre la sienne, il la mena par la même porte à un ascenseur. Quelques instants plus tard, ils quittaient l'aéroport par une sortie privée et montaient dans une limousine.

C'était presque comme autrefois, sauf que Malik portait une robe blanche et un keffieh au lieu d'un smoking. Il était si à l'aise, si élégant, surtout à côté d'elle, débraillée et en nage. Elle se débarrassa de sa veste et la posa sur le siège à côté d'elle.

Le regard de Malik tomba sur sa poitrine et s'y attarda. Il lui fit le même effet qu'une caresse. Elle sentit son corps réagir, ses mamelons durcir, et un éclair de désir fusa en elle. Elle croisa les bras à la hâte et détourna le visage pour regarder au-dehors.

— Où allons-nous ? demanda-t-elle comme la limousine s'engageait dans les embouteillages derrière une voiture de police qui actionna sa sirène et son gyrophare pour leur ouvrir la route.

Malgré les vitres teintées, la lumière du dehors restait vive. Elle aurait été aveuglante autrement, songea-t-elle. Dehors, il devait faire très chaud.

— J'ai une maison à Port Jahfar, dit Malik. Elle n'est qu'à quelques minutes d'ici, sur la côte. Elle te plaira.

Sydney appuya la tête contre la vitre. Elle trouvait étrange d'être là et éprouvait en même temps une excitation qu'elle n'avait pas anticipée. Au loin, des collines se détachaient sur le ciel lumineux ; des palmiers ponctuaient le paysage. Puis la ville apparut, mélange d'immeubles modernes de verre et de béton et de vieilles bâtisses en pierre. Sydney s'aperçut alors que les collines qui s'élevaient au-delà étaient en réalité des dunes — des dunes de sable rouge ondulant sur l'horizon, au bas desquelles elle distingua une caravane de chameaux en marche vers la ville. Elle se sentit plus dépaysée qu'elle ne l'avait jamais été.

Leur voiture s'avançait dans la ville et, bientôt, les dunes disparurent. Ils finirent par tourner dans une rue et aperçurent la mer, à leur droite. Ils longèrent la côte sur une courte distance — l'eau turquoise, sous le soleil, semblait constellée de diamants — et pénétrèrent dans une résidence privée fermée par un portail.

Malik aida Sydney à descendre de voiture et la mena dans la cour d'une villa où des brumisateurs perpétuels rafraîchissaient l'air. Il faisait atrocement chaud et lourd et, bien qu'elle s'y attendît et qu'elle eût par ailleurs l'habitude de la chaleur, elle se sentait vulnérable. Ce devait être la fatigue.

Une femme vêtue d'une *abaya* en coton apparut alors, s'inclinant devant Malik et s'adressant à lui en arabe. Puis, tandis qu'elle se fondait de nouveau dans l'ombre d'où elle avait surgi, Malik se tourna vers Sydney.

— Hala vient de m'informer que ta chambre était prête, *habibti*. Tu vas pouvoir dormir aussi longtemps que tu le souhaites.

Sydney s'attendait à ce qu'un domestique lui montre le chemin, mais ce fut Malik qui, posant la main sur son coude, lui fit descendre quelques marches pour rejoindre un immense salon, puis un couloir menant à une petite suite. Il s'y trouvait une table entourée de coussins, un bureau en palissandre et, de part et d'autre d'un épais tapis en peau de chèvre, deux vastes canapés. Par la porte ouverte de la chambre, Sydney apercevait un lit aux draps blancs et frais… Mais elle n'avait rien pour se changer.

— Mes valises ! On a oublié de les récupérer à l'aéroport…

— Ne t'inquiète pas, elles sont en chemin. En attendant, tu trouveras tout ce dont tu as besoin dans la salle de bains.

Il lui désigna une nouvelle porte derrière laquelle elle découvrit une baignoire ronde en marbre encastrée dans un sol tout entier recouvert d'une mosaïque en carreaux de verre colorés. Un rayon de soleil, tombant d'une fenêtre percée très haut au-dessus d'eux, illuminait les veines rouge et or du marbre et faisait resplendir la mosaïque.

— Je ne crois pas me tromper en concluant que l'endroit te plaît ?

Sydney fit volte-face, surprise. Elle avait presque oublié que Malik était derrière elle.

— C'est ravissant…

Pourquoi cela paraissait-il si irréel d'être là avec lui ? Elle avait accepté de venir, elle savait qu'elle n'avait pas le choix et elle s'était faite à l'idée, alors pourquoi se sentait-elle aussi désorientée, et un peu mal à l'aise ? Quand Malik s'avança vers elle et prit son visage entre ses mains, Sydney sentit son cœur cogner dans sa poitrine. Elle voulut protester, mais sa voix resta bloquée au fond de sa gorge.

— Tu n'as rien à craindre, Sydney. Nous allons y arriver.

Quand il baissa la tête vers elle, elle sentit ses paupières battre et se fermer. Parce qu'elle était fatiguée, bien sûr. Il n'y avait pas d'autre raison. Il rit doucement, effleurant son front du bout des lèvres, et le son de ce rire vrilla son cœur battant, souvenir d'une époque lointaine où elle croyait encore aux contes de fées.

— Arrête, lâcha-t-elle, la voix étranglée, en sentant les lèvres de Malik glisser vers sa tempe.

Il laissa passer une seconde, puis retira ses mains et fit un pas en arrière.

— Bien sûr, dit-il d'une voix un peu moins claire que d'habitude. Comme tu veux.

Sydney porta à sa gorge une main tremblante, puis l'en ôta quand elle songea combien cela devait lui donner l'air fragile et bouleversé. Elle n'était ni l'un ni l'autre, même si, bien sûr, elle se sentait nerveuse. Elle avait aimé Malik. Elle avait vécu l'enfer à cause de lui. Cette situation était étrange, surnaturelle… pour lui autant que pour elle, sans doute. Il aurait sûrement préféré passer la journée avec sa maîtresse actuelle plutôt qu'avec elle, l'épouse dont il pensait s'être débarrassé.

— Je crois qu'il vaut mieux qu'on ne se… touche pas…

Il haussa le sourcil avec élégance.

— Tu crains les contacts, Sydney ?

Il jouait avec elle. Naturellement. Elle releva la tête.

— Nous n'avons pas de raison de nous toucher, Malik. Nous ne sommes rien l'un pour l'autre. Plus rien. Et je me rends bien compte que ça ne t'arrange pas que je sois ici, mais je t'assure que, moi non plus, ça ne me réjouit pas. Tout ce que j'attends, c'est d'arriver au bout de ces quarante jours, donc ce n'est pas la peine de jouer la comédie…

Elle vit un éclair d'émotion surgir dans ses yeux sombres.

— Comme tu es devenue sage, Sydney. Blasée, même.

— Je croyais que tu aimais justement les femmes qui ne se font pas d'illusions, rétorqua-t-elle, et elle le regretta aussitôt.

Si elle espérait lui faire croire qu'ils pouvaient se comporter de manière simple et courtoise, sans gêne ni sous-entendus, elle venait d'échouer lamentablement. Il s'appuya contre le cadre de la porte, mais elle ne fit pas l'erreur de le croire détendu. Au contraire, il était sans doute touché, mais il n'en laissait rien paraître. C'était l'une des choses qui l'exaspéraient le plus chez lui : cette capacité à refouler ses émotions et à ne pas réagir, à opposer au reste du monde cette indifférence presque inhumaine.

— Je ne savais pas que tu te souciais du genre de femme que j'aimais.

Sydney agita la main comme pour chasser une mouche.

— Je ne m'en soucie pas.

Malik se dressa de toute sa hauteur.

— Ne commençons pas à jouer à ces petits jeux, *habibti*. Tu viens de faire un long voyage. Prends un bain, repose-toi. Je te verrai quand tu seras prête à te montrer raisonnable.

Sa condescendance la mit en colère.

— Je ne joue à rien du tout, Malik. Je suis venue, pas vrai ? Je suis ici parce que je veux que ça se termine. Je veux me libérer de toi pour toujours.

Elle lui jeta les derniers mots au visage, incapable de réprimer son amertume. Elle vit sa mâchoire se crisper, son regard se durcir.

— Tu auras ce que tu désires, gronda-t-il. Dès que j'aurai eu ce que *moi*, je désire.

Sydney sentit son ventre se serrer.

— Qu… Qu'est-ce que tu veux dire ?

Il la fixait, l'air menaçant.

— Tu as peur, Sydney ? Peur de ce que je vais exiger de toi maintenant que tu es là ?

Elle avala sa salive, la gorge nouée par l'émotion.

— Bien sûr que non.

Le regard brûlant de Malik glissa sur son corps, remonta vers son visage, puis il parla, d'une voix lascive qui fit jaillir un feu immense au creux de son ventre.

— Eh bien, peut-être que tu devrais.

4.

Malik était de mauvaises humeurs. Assis dans son bureau, il essayait de travailler pour se distraire, mais ça ne fonctionnait pas. Il s'écarta de son ordinateur et se tourna vers la fenêtre et la mer qui scintillait sous le soleil.

Elle était là. *Sa femme.* La seule qu'il avait crue différente, la seule avec qui il avait cru pouvoir être heureux, et qui, finalement, s'était enfuie. Il se souvenait encore de l'instant étrange où il avait compris qu'elle était partie pour de bon. Il avait enragé. Il s'était juré de partir à sa recherche et de la ramener, de force si nécessaire. Puis il s'était dit : *Non.* C'était elle qui l'avait quitté, c'était à elle de revenir. Au lieu de cela, elle avait engagé une procédure de divorce.

Et pourtant, il la désirait toujours. C'était ainsi depuis qu'il l'avait revue, depuis qu'elle lui avait ouvert la porte de la villa de Malibu. La violence de ce désir le surprenait, après tout ce temps, surtout quand on considérait à quel point il lui en voulait. Mais il était incapable de le contrôler.

Elle lui avait semblé si virginale ce jour-là, si pure, dans sa veste blanche et sa robe rose pâle. Ses sandales claires à hauts talons mettaient en valeur ses longues jambes, qu'il n'avait pas pu s'empêcher d'imaginer enroulées autour de ses reins. Il l'avait embrassée, et il avait dû fournir des efforts surhumains pour se retenir d'aller plus loin, d'autant qu'il la sentait aussi fébrile que lui.

De toutes les femmes qu'il avait connues, ce n'était

peut-être pas la plus belle, mais c'était sans aucun doute celle qui l'attirait le plus. Sa peau était pâle comme le lait, ses cheveux roux comme les dunes du désert de Jahfar, et ses yeux avaient la couleur d'un ciel pluvieux, comme ceux qui pesaient sur Paris en hiver. Certains jugeaient la pluie déprimante, mais lui la trouvait délicieuse. Surtout quand elle se reflétait dans les yeux de Sydney.

Malik jura à voix basse. Il savait, quand il l'avait épousée sur un coup de tête, que leur histoire ne pourrait pas durer. Parce qu'il l'avait épousée pour de mauvaises raisons, notamment par envie de provoquer sa famille. Et aussi parce qu'il la désirait plus que n'importe qui.

Mais l'attirance qu'il éprouvait pour elle n'était pas uniquement physique. Avant de la rencontrer, il avait bien profité de la liberté que lui accordait son célibat ; il s'en était donné à cœur joie — au début, du moins. Puis il avait commencé à tirer de moins en moins de plaisir de ce mode de vie. Il s'était senti vide. Et il lui avait semblé que Sydney pouvait combler ce vide.

La sonnerie du téléphone le fit sursauter. Sa secrétaire aurait pu répondre, mais il préféra le faire lui-même. Si cela pouvait le distraire du chaos de ses pensées…

— Oui ? aboya-t-il dans le combiné.

— J'ai ouï dire que ton épouse était arrivée aujourd'hui ? C'était son frère Adan, le roi.

— En effet, dit Malik avec une certaine raideur. Elle est ici.

Ce n'était pas pour rien qu'il avait tenu Sydney éloignée de Jahfar. A présent qu'elle était là, il n'avait pas d'autre choix que de la présenter à sa famille et, s'il savait que son frère se montrerait poli, il ne pouvait en espérer autant de sa mère.

— Et tu as prévu de l'amener au palais ? demanda Adan.

Malik serra les dents. Il n'avait pas dit à Adan pourquoi Sydney était là. Il ne l'avait dit à personne.

— Peut-être dans quelques jours. Ou pas. Je dois me rendre à Al Na'ir pour affaires.

— Je suis sûr que tu peux te libérer pour une soirée. Je souhaite la rencontrer, Malik.

— C'est un ordre ?

— Oui.

— Alors je l'amènerai. Mais pas aujourd'hui. Elle est fatiguée de son voyage.

— Bien sûr. Vous viendrez dîner demain soir. Isabella y tient beaucoup aussi.

— Demain soir. C'est d'accord.

Ils prirent congé de manière assez sèche, mais c'était habituel entre eux, depuis l'enfance. L'éducation qu'ils avaient reçue ne favorisait pas les démonstrations d'affection. Bien sûr, Malik aimait ses frères, mais ils n'avaient pas une relation facile, et cela ne s'arrangeait pas avec l'âge.

C'était peut-être pour cette raison qu'il avait éprouvé une telle attirance vis-à-vis de Sydney. Avec elle, il s'était senti moins seul, et il avait aimé cette sensation, il avait voulu la faire durer. Mais c'était avant qu'elle le trahisse, avant qu'il comprenne qu'elle n'était nullement différente des autres…

Malik regarda sa montre. Cela faisait plus de six heures qu'ils étaient arrivés. Il faillit appeler Hala pour lui demander d'aller voir si Sydney était réveillée, puis il décida de le faire lui-même. Il n'allait pas se laisser impressionner par les émotions houleuses qu'elle faisait resurgir en lui.

Il la trouva assise sur la petite terrasse à l'extérieur de sa chambre. Ses longs cheveux roux flottaient dans son dos, chahutés par le vent marin, et elle avait passé une robe fluide de couleur crème, à peine moins lumineuse que sa peau, qui effleurait délicatement ses formes et lui donnait l'air d'un ange. Elle tourna la tête vers lui en l'entendant approcher et posa la tasse qu'elle tenait dans les mains. Son regard se vida de toute expression, mais

Malik eut le temps, juste avant, d'y voir briller une lueur de désir. Un désir qui le bouleversa.

— Tu te sens plus fraîche ? demanda-t-il.

— Oui, merci, dit-elle en détournant les yeux.

Il tira la seconde chaise, l'orientant de manière à avoir vue à la fois sur Sydney et sur la mer, et s'assit.

— Tes bagages sont intacts, c'est bon ?

— Oui. Tout est là.

Elle reprit son café à deux mains et il vit que ses longs doigts tremblaient. Elle se mit à tapoter sa tasse, puis elle prit une inspiration comme si elle voulait parler, mais ne dit rien. Elle recommença plusieurs fois, ses grands yeux gris tour à tour baissés et fixés sur Malik, jusqu'à ce qu'il s'impatiente.

— Dis-le, *habibti*.

Il vit alors son expression changer peu à peu, l'hésitation se muant en une sorte de rage.

— Je veux savoir pourquoi tu ne m'as jamais amenée ici, explosa-t-elle. Ces vêtements, ce pays — elle montrait tout avec de grands gestes —, tout ça, ça fait partie de toi, et tu ne m'en as jamais rien montré… Est-ce que je te faisais honte *à ce point* ?

Voilà, c'était dit. Elle avait finalement mis des mots sur la douleur qui la tourmentait depuis l'instant où elle était arrivée à l'aéroport et avait découvert Malik en tunique blanche et keffieh. Ce costume, c'était lui. C'était sa vie, son héritage, et c'était quelque chose qu'il n'avait jamais voulu partager avec elle. Elle savait bien pourquoi, mais elle voulait le lui entendre dire. Son cœur battait à tout rompre, elle se sentait affreusement mal, mais elle avait *besoin* de le lui entendre dire. En face, cette fois. Elle ne voulait pas oublier qu'elle avait souffert et qu'il en était responsable. Au contraire, elle voulait se servir de cette souffrance comme d'un bouclier, pour ne pas succomber à son charme.

Malik ne portait plus son keffieh. Elle regarda ses cheveux noirs, épais, ondulés, et se rappela l'époque où elle y glissait les doigts et attirait son visage contre le sien.

Ce souvenir lui retourna le cœur et elle sentit un flot de chaleur se répandre dans son ventre. *Non*, songea-t-elle. Cette époque-là était derrière eux.

— Tu ne m'as jamais fait honte, dit Malik. Nous aurions fini par venir, tu sais.

Son beau visage n'exprimait aucune émotion particulière et, même si les mots étaient ceux que Sydney voulait entendre, elle ne les crut pas. Il était trop stoïque, trop détaché.

— Oui, évidemment, dit-elle avec amertume.

— Que veux-tu que je te dise, Sydney ? Ce n'était pas ma priorité de t'emmener à Jahfar, je le reconnais. Ce qui m'intéressait, c'était surtout de trouver toutes les occasions possibles de te retirer tes vêtements.

Sydney posa sa tasse, qui par miracle ne claqua pas dans la soucoupe.

— Pourquoi ne peux-tu pas admettre la vérité une bonne fois pour toutes, Malik ?

Elle vit la colère illuminer ses yeux sombres.

— Et toi, pourquoi ne me dis-tu pas ce que c'est que cette vérité que tu veux tellement entendre, au lieu de tourner autour du pot ?

— Tu sais ce que c'est. Tu refuses de le dire, c'est tout.

Il se leva et la considéra avec cette hauteur glaciale qu'elle haïssait.

— Je n'ai pas le goût du drame, Sydney. Soit tu me dis ce que tu brûles de me dire, soit tu te tais.

La fureur enfla dans son ventre et elle se leva pour lui faire face. S'il voulait qu'elle parle, elle n'allait pas se retenir. Elle avait déjà attendu trop longtemps. Le temps n'avait pas guéri sa blessure, même s'il lui avait permis de l'accepter.

— Ce que je crois, c'est que tu *avais* honte de moi, quoi que tu en dises, et que tu ne m'as jamais amenée ici parce que tu regrettais de m'avoir épousée.

Il eut un rire amer.

— Et c'est pour ça que tu m'as quitté ? C'est pour ça que tu t'es enfuie au beau milieu de la nuit ? Parce que tu doutais de toi-même ?

— J'ai laissé un mot, dit-elle, et soudain elle se sentit ridicule.

Elle avait fait sa valise et elle était partie parce qu'elle se sentait blessée, perdue et très peu sûre d'elle, tout à coup. Elle avait besoin de temps pour réfléchir, pour digérer ce qu'elle avait entendu. Jamais elle n'aurait imaginé qu'il s'écoulerait une année entière sans qu'il cherche à la joindre. Elle avait agi de manière impulsive, téméraire, mais elle devait partir. Elle n'avait pas le choix.

— Ton mot n'expliquait rien. Rien du tout.

— Alors pourquoi ne m'as-tu pas appelée pour m'en demander davantage ?

Il fit un pas vers elle ; il était tendu, les bras le long du corps, rigides.

— Pourquoi aurais-je fait cela, Sydney ? C'est toi qui m'as quitté. C'est toi qui as choisi de partir, et tu n'as même pas eu la courtoisie de m'expliquer quoi que ce soit avant de le faire.

Sydney tremblait. Un nœud s'était formé dans son ventre, dans sa gorge, et à présent les mots devaient sortir. Toute l'amertume accumulée depuis un an débordait brusquement.

— J'ai entendu ce que tu as dit au téléphone, Malik. Je t'ai entendu dire à ton frère que tu regrettais de m'avoir épousée. Tu avais mis le haut-parleur, dans ton bureau.

Les mots moururent sur ses lèvres. Elle ne pouvait pas continuer. L'expression de Malik était trop éloquente.

— C'est pour *ça* que tu as fugué comme une enfant ? A cause de quelque chose que tu m'as entendu dire au fil d'une conversation que tu n'avais aucun droit d'écouter ?

Elle avala sa salive, avec la sensation d'avoir la gorge tapissée de lames de rasoir. Comment osait-il renvoyer la faute sur elle ?

— Tu ne peux pas inverser les rôles, Malik. Tu ne peux pas me reprocher à *moi* d'avoir entendu une conversation où tu déclarais sans détour que tu avais commis une erreur en m'épousant. Je n'écoutais pas aux portes. J'étais juste venue te rappeler qu'on nous attendait à l'opéra, ce soir-là.

Il lui paraissait si froid à présent, si lointain… Elle avait l'impression d'avoir violé son intimité, alors qu'en réalité c'était elle qui avait le plus pâti de la situation. Elle avait tout abandonné pour lui par amour ! Comme une lycéenne enivrée par la puissance de ses émotions, elle avait tout quitté pour le suivre au bout du monde. Parce qu'il le lui avait demandé. Parce qu'elle avait cru qu'il était l'homme de sa vie.

Quand il l'avait demandée en mariage, elle s'était sentie la plus heureuse des femmes. Une petite voix au fond de sa conscience lui avait bien murmuré de se méfier, mais elle l'avait ignorée. Elle s'était laissé emporter, aveugle, ivre de bonheur, et tout s'était effondré.

Peut-être avait-elle pressenti qu'il en serait ainsi. Les filles comme elle n'avaient pas droit aux contes de fées. Elle était jolie, sans doute, mais pas assez élégante, pas assez sophistiquée pour un homme comme Malik.

— Tu n'es pas partie cette nuit-là, dit-il. Je me souviens de cette soirée à l'opéra. Nous étions allés voir *Aida*. Tu n'es partie qu'une semaine après.

— Parce que j'espérais encore m'être trompée. J'attendais…

Elle ne termina pas sa phrase. Malik se fit plus attentif, plus méfiant aussi.

— Tu attendais quoi ?

Elle ne pouvait pas répondre. Parce que ce qu'elle attendait, c'était qu'il lui dise qu'il l'aimait — un espoir bien pathétique à la lumière de tout ce qui s'était passé ensuite. Ils étaient allés à l'opéra ce soir-là, en effet. Elle s'était efforcée de faire bonne figure, même si elle avait la sensation qu'on lui avait déchiré le cœur. Au retour, Malik lui avait dit qu'il avait du travail, et elle était allée se coucher toute seule. Les yeux grands ouverts, elle avait attendu qu'il la rejoigne, mais il n'était jamais venu. Elle avait fini par s'endormir à l'aube, rongée par l'angoisse.

Elle avait appris au cours des jours suivants qu'un cœur ne se brise jamais ni vite ni proprement. Il se craquelle peu à peu, et cela fait mal. Ce n'est pas une douleur aiguë, mais un élancement sourd et lancinant, le genre de douleur qui imprègne le corps et l'âme et donne envie de dormir pour tout oublier, pour ne plus souffrir.

Malik, de son côté, était devenu froid et indifférent. Il passait ses journées enfermé dans son bureau, ou partait en voyage d'affaires. Il était chaque jour plus sombre, plus silencieux, plus renfermé mais, la nuit, il se glissait dans leur lit pour la prendre encore et encore, et le plaisir était si intense qu'elle en avait le souffle coupé.

Elle finit par penser qu'elle avait peut-être mal entendu ce qu'il avait dit au téléphone, et une nuit, après l'amour, alors qu'elle se pelotonnait contre lui, épuisée, le cœur battant et empli d'émotions contradictoires, elle avait laissé échapper les mots qu'elle se retenait de lui dire depuis des semaines, par manque de courage : elle l'aimait.

Sydney ferma les yeux. Aujourd'hui encore, cela lui faisait mal d'y repenser.

Il n'avait rien répondu. Il avait feint de ne pas entendre, mais elle savait qu'il faisait semblant car elle l'avait senti se crisper à l'instant où elle avait parlé. Qu'espérait-elle donc ? Sans doute qu'il lui dise qu'il l'aimait, lui aussi. Mais il s'était tu, naturellement, et son dernier espoir était en miettes.

— Je n'attendais rien, dit-elle. Rien du tout.

D'un geste brusque, il lui prit le menton et la força à le regarder dans les yeux. Il y avait de la colère dans son regard, mais aussi une émotion tout autre qu'elle n'arrivait pas à définir. Elle sentait sa propre peau frémir sous ses doigts. Allaient-ils laisser une trace sur son visage ? Serait-elle à jamais marquée de son empreinte ?

— Ne me mens pas, dit-il. Pas maintenant.

Sa voix était dure, sombre, pleine de fureur rentrée.

— Qu'est-ce que ça peut faire, Malik ? Tout est fini entre nous. Ce qui s'est passé il y a un an n'est pas important.

— Dis-le-moi, insista-t-il.

Elle faillit le lui dire. Elle faillit lui révéler son désir le plus profond, son souhait le plus idiot et le plus fou, mais elle se retint. Elle ne voulait pas qu'il ait pitié d'elle. En se taisant, au moins, elle préservait sa dignité.

Elle se dégagea et fit un pas en arrière, croisant les bras sur sa poitrine.

— Tu n'as pas le droit d'exiger que je te le dise. Et je refuse de répondre. Tout est *fini*.

Il la dévisagea, les dents serrées, et poussa un juron explosif. Elle fit un nouveau pas en arrière, à la fois effrayée et fascinée. Jamais elle n'avait vu Malik perdre son sang-froid. C'était un homme passionné, mais qui, sous aucun prétexte, ne se laissait dominer par ses émotions.

— Non, tout n'est pas fini, articula-t-il d'une voix plus rauque que jamais. Parce que tu es ici, Sydney, à Jahfar. Tu es ma femme pour quarante jours, et je t'assure que j'obtiendrai satisfaction.

Elle n'avait aucune idée de ce qu'il voulait dire, mais lorsqu'il fit volte-face et s'éloigna dans un superbe flottement d'étoffe blanche, elle frissonna. Il lui sembla que l'air crépitait dans son sillage, et elle dut avoir un instant d'absence car elle se retrouva sur sa chaise, à regarder fixement la porte par laquelle Malik était sorti, incapable de se rappeler quand elle s'était assise.

Un grand vide se creusa en elle. Ses nerfs étaient prêts à craquer. Elle avait commis une erreur monumentale en acceptant de venir à Jahfar. Pourquoi n'avait-elle pas fait plus d'efforts pour essayer de trouver une autre solution ?

Parce qu'il n'y avait pas d'autre solution. La loi était la loi. Et il *fallait* qu'elle aille au bout de cette épreuve, et lui aussi — ils n'avaient pas le choix. Même si elle commençait à douter sérieusement qu'ils puissent, l'un comme l'autre, en sortir indemnes.

5.

Elle ne revit pas Malik de toute la journée, ni le lendemain matin. Cela lui rappelait l'ambiance de leur séjour à
Paris, une fois retombées l'ivresse et la passion fusionnelle
des premières semaines. A ceci près que cette fois-ci, elle
n'avait pas aussi mal. Elle savait à quoi s'attendre, elle
savait qu'il ne l'aimait pas.

Et elle ne l'aimait pas non plus.

Elle alluma l'ordinateur portable qu'elle avait apporté et
entreprit de travailler. Elle mit en page plusieurs nouvelles
annonces de l'agence, puis joua un peu avec le design
du site ; elle adorait ça. Ce n'était pas tout à fait comme
peindre, mais ça s'en rapprochait... D'ailleurs, elle n'avait
pas peint depuis des années. Un regret l'assaillit soudain,
qu'elle étouffa pour se concentrer sur le site.

Le graphisme, au moins, était quelque chose que son père
pouvait approuver. Quelque chose d'utile et de pratique,
à la différence de la peinture. Elle avait d'ailleurs pensé
à prendre des cours pour se perfectionner. Ce n'était pas
exactement ce dont elle rêvait, mais cela restait artistique
et pouvait permettre de bien gagner sa vie.

Elle fit quelques changements sur la page d'accueil,
puis valida la mise en ligne. La bannière violet vif qu'elle
avait créée pour l'agence ressortait bien ; sur la photo,
ses parents la regardaient d'un air confiant, le sourire
aux lèvres.

S'il y avait deux personnes qui avaient réussi leur

mariage, c'étaient eux. Inséparables depuis leur rencontre à l'université, ils s'étaient mariés un an après, puis avaient eu deux filles avant de créer leur agence immobilière. Alicia, sa sœur aînée, était la digne fille de ses parents : blonde, belle, brillante et très populaire. Elle n'avait jamais cessé d'exceller : admise dans l'une des meilleures universités du pays, elle avait terminé ses études de droit major de sa promotion. Bien sûr, elle apportait beaucoup à l'agence depuis qu'elle y travaillait.

Sydney referma son ordinateur avec un peu trop de force. Elle aimait sa sœur, l'admirait profondément et ne manquait jamais de la féliciter, mais parfois son succès lui pesait. Depuis l'enfance, elle avait la sensation d'être le vilain petit canard de la famille. Elle était la seule à avoir les cheveux roux, la seule à s'intéresser à l'art, la seule à ne pas réussir à se passionner pour l'immobilier.

Elle était plongée dans ses pensées quand Hala apparut, suivie d'un homme qui portait un grand plateau chargé de mets délicieusement parfumés. Ils la saluèrent sans mot dire, puis Hala commença à disposer les plats sur la table basse tandis que l'homme restait en retrait, silencieux. Il y avait des olives, du houmous, du baba ganoush et de l'agneau grillé à la tomate avec du riz basmati. Quand tout fut sur la table, Hala et l'homme s'inclinèrent et reculèrent à petits pas, puis, pivotant sur eux-mêmes, quittèrent la pièce.

Sydney cligna les yeux, puis secoua la tête avec lenteur. Si Alicia avait vu cela ! La seule fois que sa sœur avait été un peu jalouse d'elle, c'était quand elle avait commencé à fréquenter Malik. Mais les apparences étaient trompeuses. Il n'y avait pas de quoi être jalouse, sauf si Alicia rêvait de vivre pendant quarante jours avec un homme qui la méprisait et prenait un malin plaisir à la tourmenter. Etant donné que son petit ami du moment était complètement fou d'elle, il y avait peu de chances qu'elle soit tentée par l'échange. Sydney fronça les sourcils. Elle devait arrêter de comparer sa vie à celle de sa sœur. Cela ne servait à rien, sauf à souffrir un peu plus.

— Ils te traitent juste avec les honneurs dus à une princesse.

Sydney fit volte-face et découvrit Malik qui arrivait par la terrasse. Il portait un pantalon en toile beige et une chemise blanche — moins exotique que la *dishdasha*, mais toujours superbe. Son cœur s'emballa quand elle croisa son regard et elle se sentit rougir. Elle était à la fois émue, gênée et furieuse — un bien mauvais mélange.

— Je n'aime pas ça, dit-elle. Ça me met mal à l'aise.

— Je sais. Pourquoi penses-tu que je ne t'ai jamais amenée ici avant ?

Elle releva le menton.

— Ça paraît un peu facile de dire ça maintenant, Malik. Si c'est la vraie raison, pourquoi ne pas me l'avoir expliquée dès le début ?

Au lieu de répondre, il marcha vers elle d'un pas vif. Elle ne bougea pas jusqu'à ce qu'il soit près d'elle. A la dernière seconde, juste au moment où elle se détournait, il se laissa tomber sur les coussins disposés autour de la table. Elle le regarda, le cœur battant à toute allure. Qu'avait-elle cru qu'il allait faire ? L'attraper et la jeter sur son épaule ? La porter dans sa chambre et la soumettre à son bon désir ?

Si seulement…, murmura une petite voix en elle. Mais elle l'ignora et fit quelques pas pour se placer de l'autre côté de la table. Malik déchira un morceau de pita qu'il trempa dans le plat de viande, avant de lever les yeux vers elle et de lui jeter un regard coupant.

— Crois ce que tu veux, Sydney. Tu n'as pas l'air prête à remettre en question tes certitudes.

Elle se tut, perplexe. Elle ne savait plus que penser. Se pouvait-il vraiment qu'il ait anticipé le malaise qu'elle venait de mentionner, le sentiment d'être au centre d'une attention imméritée ? Qu'il ne l'ait pas amenée à Jahfar de crainte qu'elle ne s'y sente pas bien ? Ou bien était-il juste très doué pour se donner le beau rôle ?

Il ne disait plus rien, et mangeait tranquillement. Soudain, elle eut envie de fuir. Mais où aurait-elle pu aller ? Et pourquoi partir ? Cela aurait donné l'impression qu'elle était vexée et, comme il l'avait dit, incapable de se remettre en question. En plus, elle mourait de faim et l'odeur de la nourriture était en train de la rendre folle. Si elle ne mangeait pas quelque chose très vite, elle allait s'évanouir. Elle s'assit sur les coussins en face de lui.

— Je ne me rappelle pas t'avoir invité à te joindre à moi pour le déjeuner, dit-elle en prenant une olive.

— En fait, c'est toi qui te joins à moi, répliqua-t-il en s'accoudant sur les coussins. J'ai demandé à Hala de servir le déjeuner ici.

Sydney mordit dans l'olive. C'était trop intime, ce déjeuner en tête à tête. Cela lui rappelait trop le passé.

— Pourquoi ici ? demanda-t-elle. Ce n'était pas nécessaire. J'aurais pu te rejoindre dans la salle à manger, ou déjeuner seule, d'ailleurs. Ça ne m'aurait pas dérangée.

— Oui, mais je voulais te voir. Nous sommes invités à dîner chez mon frère et sa femme ce soir, et cela demande un peu de préparation.

Sydney s'étrangla et se mit à tousser violemment.

— Ton frère… le roi ? réussit-elle enfin à articuler. Et sa femme ?

— Le roi et la reine de Jahfar, oui. Ils souhaitent faire ta connaissance.

Un dîner avec un roi ? Et un roi qui, par-dessus le marché, n'approuvait pas son mariage avec Malik…

— Est-ce que c'est une bonne idée ? Je ne suis pas là pour bien longtemps, tu sais.

Il haussa les épaules.

— C'est vrai. Mais ce n'est pas une invitation qui se discute. Mon frère est curieux, je suppose.

— Curieux ?

— De rencontrer la femme pour qui j'ai renoncé à mon cher célibat. Même si, aujourd'hui, elle demande le divorce.

Sydney baissa les yeux et avala avec peine sa bouchée d'agneau, qui avait brusquement perdu toute saveur.

— Ne commence pas, Malik.

— A quoi ? A dire la vérité ?

— Tu dis ça comme si tu avais de la peine, alors que tu n'en as pas. Tu es blessé dans ton orgueil, peut-être, mais pas dans ton cœur.

Il s'était figé.

— Comme tu me connais bien ! dit-il avec une note de moquerie dans la voix. Tu es d'une clairvoyance époustouflante.

Sydney ferma les yeux et poussa un profond soupir.

— Ecoute, je n'ai pas envie d'avoir ce genre de conversation maintenant. Est-ce ce qu'on peut déjeuner tranquille ?

— On peut, dit-il en déchirant une pita dont il lui tendit la moitié.

Leurs doigts se frôlèrent quand elle la prit et des étincelles fusèrent aussitôt dans son bras.

Pourquoi le destin la mettait-il dans cette situation infernale ? Pourquoi fallait-il qu'elle soit là, à Jahfar, dans la maison de Malik, à manger à sa table et à contempler son visage qu'elle avait tant aimé, tout cela dans le seul but de rompre définitivement avec lui ? Sans parler du fait que maintenant, elle allait aussi devoir affronter son frère, qui savait que Malik regrettait de l'avoir épousée. Quelle humiliation…

Elle essaya de se concentrer sur le repas. Malik utilisait la pita comme une cuillère, piochant à la fois de la viande et du riz, et elle l'imita, mais elle fit l'erreur de regarder dans sa direction juste après avoir mis le tout dans sa bouche. Son regard sombre se planta dans le sien, brûlant. Elle eut un coup au cœur.

— Quoi ? dit-elle quand elle eut réussi à déglutir. J'ai de la sauce sur le menton ?

— Pas du tout, dit-il en reprenant une bouchée de pain et de ragoût tandis qu'elle feignait de s'intéresser aux mets qui se trouvaient devant elle. Je me disais juste que tu avais l'air d'apprécier la cuisine locale.

— Oui, c'est délicieux.

Et c'était vrai, mais apprécier réellement ce repas se révélait difficile quand l'homme qui lui avait brisé le cœur était assis en face d'elle et se comportait comme si de rien n'était.

— Je suis content que ça te plaise. A mon avis, ce que nous mangerons ce soir sera moins typique de la région. La reine est à moitié américaine, et elle voudra sans doute éviter que tu ne te sentes trop dépaysée.

— Elle ne doit pas s'inquiéter pour moi. J'aime goûter à des choses nouvelles.

— Oui, dit Malik avec un regard appuyé. Ça, je m'en souviens.

Elle sut sans le moindre doute qu'il ne parlait pas de nourriture et se sentit rougir. Par miracle, Malik changea de sujet.

— Tu devras porter une *abaya* ce soir. J'en ai commandé plusieurs pour que tu puisses choisir celle que tu préfères. Si nous avions eu plus de temps devant nous, nous en aurions fait coudre une sur mesure, mais le délai est trop court.

— Ç'aurait été inutile. Et je tiens à payer moi-même tous les vêtements nécessaires à ma garde-robe.

— Tu es si déterminée à ne rien accepter de moi… Ça n'a pas toujours été le cas, je crois.

Sydney lissa la serviette sur ses genoux. Il était vrai qu'elle n'avait jamais protesté quand il lui avait fait des cadeaux, mais elle ne lui avait jamais rien demandé non plus.

— C'est différent aujourd'hui. Je ne veux pas avoir l'impression de te devoir quoi que ce soit.

— C'est amusant, dit-il en se crispant.

— Comment ça ?

— Eh bien, moi, vois-tu, j'ai justement l'impression que tu me dois quelque chose pour t'être enfuie comme une voleuse il y a un an.

— Et qu'est-ce que je pourrais bien te devoir ? riposta-t-elle avec colère. Tu aurais pu me téléphoner. Tu aurais pu venir me chercher. Mais tu n'as rien fait, tu n'as rien fait parce que tu ne voulais pas que je revienne, Malik. Ça t'arrangeait bien que je sois partie de moi-même !

C'était dur à dire, mais c'était la vérité. Elle avait fait tout le travail à sa place.

— Tu crois vraiment que je n'aurais pas le courage nécessaire pour mettre fin à une relation qui me paraîtrait vouée à l'échec ? demanda Malik avec une rage froide.

Elle devait avouer que cela ne lui ressemblait pas, mais comment expliquer les choses autrement ? S'il avait tenu à elle, il n'aurait pas attendu un an pour venir la chercher. Il ne s'était décidé que parce qu'elle avait engagé une procédure de divorce.

— Je ne sais pas, dit-elle.

— Eh bien, moi, je peux te dire que si. Et heureusement !

Sydney se redressa d'un bond, posa les mains sur la table basse et se pencha vers lui, furieuse.

— Alors pourquoi avoir dit que tu avais fait une erreur ? Est-ce que tu essayes de me faire croire que j'ai mal entendu ? Parce que je sais que ce n'est pas le cas.

Il serra les dents et lui jeta un regard dur.

— Non, tu n'as pas mal entendu.

Une douleur aiguë lui transperça le cœur. Voilà, il l'avait dit.

— Mais ces paroles-là ne t'étaient pas destinées, Sydney. Je n'ai jamais voulu te faire du mal.

Elle releva les yeux vers lui. Les larmes lui brouillaient la vue, mais elle ne voulait pas se laisser aller à pleurer devant lui. Elle voulait être forte et invulnérable. Comme lui.

— Je crois que tout est dit, Malik. Tu considères avoir fait une erreur en m'épousant, nous allons divorcer, c'est parfait ! En somme, pour toi, tout est bien qui finit bien.

— Oui, dit-il doucement. Peut-être.

Il jeta un œil à sa montre. Il semblait si calme, si sûr de lui, alors qu'elle-même était dévastée.

— Les vêtements seront là dans une heure. Choisis ce que tu veux. Paie-moi si tu le désires, je m'en moque !

Il inclina la tête.

— A ce soir.

Tandis qu'il s'éloignait, elle éprouva un violent désir de lui jeter un objet dans le dos, mais elle se contenta de donner un grand coup de poing dans un coussin. Cela ne lui fit guère de bien.

Malik n'avait aucun sentiment pour elle. Elle se trouvait dans un état de tension et de malaise épouvantable. Et ce n'était que le deuxième jour...

6.

Sydney revêtit avec précaution l'*abaya* de soie turquoise qu'elle avait choisie parmi la sélection apportée par la couturière. Elle hésita à porter un voile, puis décida de relever simplement ses cheveux en un chignon lâche qu'elle fixa avec des épingles décorées de brillants. Puis elle chaussa ses propres sandales à petits talons, qui ne la grandissaient pas autant qu'elle l'aurait voulu mais qui avaient au moins le mérite d'être confortables et discrètes.

Elle se maquilla sans excès, surtout les yeux, et appliqua sur ses lèvres une simple touche de gloss. Quand il lui sembla qu'elle était présentable, elle prit sa pochette et alla trouver Malik.

Il l'attendait dans l'entrée. Elle eut un instant d'hésitation en l'apercevant, mais il releva les yeux à ce moment-là et elle n'eut d'autre choix que de s'avancer vers lui. Elle le trouvait déjà sublime en smoking, mais ce soir il était si beau que cela la rendait malade. Il portait une *dishdasha* noire brodée de fil d'or et un *keffieh* dont le rouge sombre, par un étonnant jeu de contraste, réussissait à attirer l'attention sur sa bouche. Cette bouche insolente et sensuelle qui l'avait emmenée au septième ciel… Elle détourna le regard.

Mais elle sentait malgré tout le désir monter en elle, flamber sous sa peau. Entre ses cuisses. Un désir irrépressible…

Comment pouvait-elle encore ressentir de l'attirance

pour lui, avec le mal qu'il lui avait fait ? Il ne voulait pas d'elle. Au bout du compte, elle ne lui convenait pas, elle ne lui avait pas donné satisfaction. Cela lui rappelait trop ce qu'elle vivait au sein de sa propre famille, sa famille de gens parfaits qui étaient tout ce qu'elle n'était pas.

— Rassure-toi, Sydney, dit Malik en se méprenant sur la cause de sa gêne. Tu es ravissante. Le roi et la reine ne pourront rien trouver à redire.

— Merci, balbutia-t-elle.

Quelques instants plus tard, ils montaient dans une superbe Bugatti gris argent. Malik fit rugir le moteur et Sydney s'efforça, tant bien que mal, de fixer son attention sur les lumières de la ville. L'habitacle était petit, et il était assis beaucoup trop près d'elle. Elle sentait l'odeur de sa peau, de son shampooing. Elle percevait la chaleur qui émanait de lui aussi nettement que s'ils étaient enlacés — à moins que cette chaleur n'émane d'elle-même…

Le son de sa voix la fit tressaillir.

— Je n'ai pas dit à mon frère pourquoi tu étais ici.

Sydney se demanda si elle avait bien entendu.

— Tu ne lui as pas parlé du divorce ? Mais pourquoi ?

Son regard s'arrêta sur ses mains puissantes qui tenaient fermement le volant. Elle releva les yeux et scruta son beau visage à la recherche d'indices.

— Ça ne regarde que nous.

Elle en resta bouche bée.

— Mais ça fait un an que nous sommes séparés… Tu ne crois pas qu'il se doute de quelque chose ?

— Ça arrive de vouloir se réconcilier, Sydney.

Il jeta un coup d'œil dans le rétroviseur et changea de voie avec souplesse et assurance.

— Donc, reprit-il, à moins que tu ne souhaites les mettre au courant de nos problèmes personnels, je suggère que tu fasses semblant d'être heureuse.

Faire semblant d'être heureuse… Comme si un torrent de douleur n'avait pas coulé entre eux.

— Je ne suis pas sûre d'en être capable.

Il lui jeta un regard exaspéré.

— Ce n'est pas difficile. Souris. Ris. Et évite de me regarder comme si tu voulais m'étrangler.

Elle croisa les bras sur sa poitrine.

— Plus facile à dire qu'à faire, marmonna-t-elle.

Les doigts de Malik se crispèrent sur le volant.

— Ça ne va pas durer longtemps, Sydney ; je suis sûre que tu y arriveras.

Dix minutes plus tard, la Bugatti passait les portes du palais et se garait dans l'immense cour. Malik dit à Sydney d'attendre, puis il fit le tour de la voiture pour lui ouvrir la portière et l'aider à descendre. Bras dessus, bras dessous, ils s'avancèrent alors sur le tapis rouge qui menait à l'entrée tandis que, de part et d'autre, des hommes en uniforme s'inclinaient sur leur passage.

Lorsqu'ils pénétrèrent dans le palais, Sydney fut éblouie. Arches et coupoles mauresques, sols en marbre, mosaïques et tentures délicates, lustres en cristal, mobilier de bois précieux incrusté de nacre… Elle ne s'attendait pas à tant d'opulence. Ses talons claquaient sur les dalles et résonnaient sur les hauts plafonds.

— C'est ici que tu as grandi ? demanda-t-elle, regrettant aussitôt d'avoir parlé tant sa voix lui parut forte.

— Non, dit-il sèchement.

Il était tendu, mais elle le sentit faire un effort pour se décontracter, comme s'il essayait de feindre, lui aussi, que tout allait bien.

— Nous ne faisions pas partie des héritiers directs du trône. Mon frère est devenu roi après la mort de notre cousin et de notre oncle. Toute ma famille a dû s'adapter à la situation ; lui surtout, bien sûr.

— *La tête est sans repos qui porte une couronne.*

— *Henri IV*, deuxième partie, dit Malik avec un petit sourire.

— Je ne savais pas que tu aimais Shakespeare, s'étonna Sydney.

Elle-même avait vu ses ambitions littéraires et artistiques contrariées par ses parents, convaincus que seules des études de commerce pourraient la mener quelque part. Avec Malik, ils étaient allés plusieurs fois à l'opéra, mais jamais au théâtre. Pourquoi n'avaient-ils jamais parlé de Shakespeare ?

— Il y a beaucoup de choses que tu ignores sur moi, *habibti*.

Mais elle n'eut pas le loisir de lui poser d'autres questions, car ils étaient arrivés à une porte devant laquelle étaient postés deux gardes. L'un d'eux l'ouvrit, et ils pénétrèrent dans des appartements infiniment plus chaleureux que les grandes salles vides traversées jusque-là. Apparurent alors un homme et une femme, tous deux très beaux, qui s'avancèrent vers eux pour les accueillir. Il fallut un certain temps à Sydney pour comprendre qu'il s'agissait du roi et de la reine de Jahfar. La reine était enceinte et, avec ses longs cheveux châtains balayés de mèches blondes, elle ressemblait plus à une Californienne que Sydney elle-même.

— Appelez-moi Isabella, lui dit-elle quand Malik les présenta.

Sydney se sentit aussitôt à l'aise avec elle. Le roi, en revanche, était plus impressionnant. Malik et lui se ressemblaient par la taille et la carrure, mais Adan avait quelque chose de plus dur, de plus sérieux. Le poids de la couronne, sans doute. Et peut-être aussi celui de sa désapprobation. Il la dévisageait ; elle baissa les yeux. Il était sûrement en train de se rappeler sa conversation au téléphone avec Malik, un an plus tôt, pendant laquelle son frère avait reconnu avoir commis une erreur en l'épousant, elle, pauvre petite Américaine sans dot ni relations.

— Bienvenue à Jahfar, ma sœur, dit le roi en l'embrassant. Nous commencions à désespérer de faire un jour votre connaissance.

— Je… Merci, Votre Majesté.

Elle sentait ses joues chauffer, s'empourprer. Malik lui prit la main et l'attira contre lui, passant le bras autour de ses épaules. Elle lui en fut reconnaissante, car cela eut l'effet appréciable de tirer Adan de ses pensées. Il cessa de la fixer pour les considérer tous les deux, puis les invita à passer à la salle à manger.

Il ressemblait tant à Malik… Il était aussi beau et ténébreux, et ils avaient le même teint doré, le même visage ciselé, la même voix profonde. On ne pouvait douter qu'ils fussent frères, et pourtant il y avait entre eux une certaine froideur, une réserve. Heureusement, Isabella était là. Drôle, chaleureuse, pleine d'esprit et de personnalité, elle désamorçait les tensions et faisait la conversation. Elle ne ressemblait en rien à ce que Sydney avait imaginé, et c'était une bonne chose.

Quand ils eurent fini de dîner, Isabella leur proposa d'aller boire le café sur la terrasse et, tandis que les hommes s'installaient dehors, elle demanda à Sydney de l'accompagner jusqu'à la chambre de son fils pour voir s'il dormait bien. Le petit Rafiq sommeillait paisiblement dans son lit à barreaux, la tête tournée sur le côté, et Sydney fut émerveillée par ses boucles brunes, ses longs cils et la douceur de tout son être.

— La vérité, dit Isabella quand elle eut refermé la porte sur l'obscurité de la chambre, c'est que je voulais vous parler seule à seule.

Sydney l'interrogea du regard, l'esprit encore tout occupé du petit garçon. La question des enfants ne s'était pas posée avec Malik, même s'il lui avait paru évident, à l'époque, qu'ils en auraient ensemble un jour. A présent, cette pensée lui serrait le cœur.

Isabella lui prit la main et la mena vers une alcôve

dont le sol était recouvert de coussins. Elles s'assirent face à face.

— Je sais que vous devez traverser des moments pénibles, Sydney. Ce n'est pas facile de faire repartir un mariage quand on a passé tant de temps séparés. Mais je veux que vous sachiez que c'est possible. Les hommes de cette famille valent la peine qu'on s'obstine un peu pour faire marcher les choses… même quand on a très envie de les étrangler !

Sydney se força à sourire.

— Le roi vous a causé des soucis ?

Isabella rit.

— Oh que oui ! J'avais ma propre responsabilité dans nos problèmes, bien sûr. Mais nous y avons survécu. Et vous aussi, vous le pouvez. Donnez une chance à Malik. C'est quelqu'un de bien, mais il est comme ses frères : ils ne sont pas toujours très doués pour montrer leurs sentiments à ceux qu'ils aiment.

Ceux qu'ils aiment… Au moins, ce problème-là ne se posait pas avec Malik, puisqu'elle savait qu'il ne l'aimait pas. Mais elle n'allait pas le dire à Isabella. Elle, le roi l'adorait, c'était clair : son visage s'éclairait quand il la regardait, ses yeux brillaient et il recherchait sans arrêt le contact avec elle. A une époque, Sydney aurait donné n'importe quoi pour que Malik ressente le même amour pour elle.

— Je m'en souviendrai, dit-elle en baissant les yeux.

Mais elle savait que c'était sans espoir. On ne peut pas faire revivre ce qui n'a jamais existé. Isabella lui pressa la main avec chaleur.

— Je l'espère. Maintenant, si nous allions boire ce café ?

Cette nuit-là, Sydney fut réveillée en sursaut par un grondement de tonnerre. Elle se redressa dans son lit, le cœur battant, convaincue d'avoir mal entendu. Il ne pouvait pas y avoir d'orages dans le désert… Si ?

Si. Elle vit un éclair, suivi d'un nouveau coup de tonnerre. En hâte, elle passa sa robe de chambre et alla ouvrir la porte qui donnait sur la terrasse. Une bourrasque d'air chaud s'engouffra dans sa chambre, plaquant ses vêtements contre son corps. Elle sortit. Les dalles de pierre, sous ses pieds nus, étaient encore chaudes du soleil de l'après-midi. La foudre déchira le ciel, illuminant la mer et les épais nuages.

Elle avait mis des heures à s'endormir, en partie à cause du décalage horaire et en partie à cause de Malik. Ils étaient rentrés chez lui en silence après le dîner, sans échanger un mot de tout le trajet. Elle brûlait de lui poser des questions sur ses rapports avec son frère, mais elle n'avait pas osé. Elle espérait qu'il aborderait lui-même le sujet, mais, en arrivant à la villa, il lui avait simplement souhaité bonne nuit et était parti se coucher.

Une nouvelle bourrasque fit voler ses cheveux devant son visage. Elle les ramena en arrière et huma l'air. Il sentait la pluie. Cela lui rappelait les tempêtes en Californie, quand, petite, elle imaginait des combats dans le ciel où des chevaliers gigantesques terrassaient des dragons cracheurs de feu. Son père lui disait qu'elle avait trop d'imagination.

— C'est impressionnant, mais on n'a rien à craindre.

Elle se retourna vivement et aperçut Malik assis à l'autre bout de la terrasse. Il se leva de son fauteuil et marcha vers elle. Son cœur tambourinait déjà à cause de l'orage ; ses battements se précipitèrent et redoublèrent encore quand, à la lumière d'un nouvel éclair, elle vit qu'il ne portait pas de chemise. Grands dieux ! Il s'arrêta devant elle. Elle avala sa salive.

— Est-ce qu'il va pleuvoir ? murmura-t-elle.

Il leva la tête pour regarder le ciel et ses yeux à elle se fixèrent sur son cou. Elle avait mordillé ce cou, léché cette peau. Une pulsation naquit entre ses cuisses. Malik ressemblait à une statue, et la fine toison qui recouvrait son torse musclé avait la forme d'un V, guidant le regard toujours plus bas…

Elle se hâta de relever les yeux — trop tard. Il l'observait avec un mélange d'amusement et d'excitation.

— Ça va, je te plais ?

D'un mouvement de tête, elle écarta les mèches qui lui volaient dans les yeux. Pourquoi mentir ? Il avait vu clair en elle de toute façon.

— Oui, tu me plais. Mais ça n'a pas d'importance, parce que je n'ai aucune intention d'aller plus loin.

Il eut un petit rire sensuel.

— Il ne pleuvra pas ce soir, mais il y a d'autres manières d'étancher notre soif. Je suis sûr que tu te souviens à quel point c'était bon quand nous faisions l'amour, Sydney.

— Peut-être, mais qu'est-ce que ça change ?

Sa voix s'érailla sur les derniers mots. Malik approcha la main de son visage et lui toucha les cheveux, repoussant derrière son oreille une mèche dérangée par le vent. Elle tressaillit.

— Qu'est-ce que ça change ? répéta-t-il. C'est une question que tu ne te posais pas autrefois. Je me souviens que tu n'étais jamais rassasiée, au lit.

— Les gens évoluent, Malik. J'ai évolué.

— Vraiment ?

— Et je crois que toi aussi.

— Peut-être que ce sera encore mieux, alors, dit-il d'une voix trop sensuelle pour qu'elle y trouve du réconfort.

Mais il la fascinait. Oh ! comme elle avait envie de lui ! Sauf que c'était une très, très mauvaise idée. Si elle s'engageait de nouveau sur cette voie, elle ne pourrait plus faire demi-tour. Elle ne pourrait plus se passer de lui.

— J'en doute, répliqua-t-elle d'une voix ferme, s'adressant autant à lui qu'à elle-même.

— Oui, dit-il avec un sourire narquois, tu as raison. Ça

ne pourrait pas être mieux. Combien de fois avons-nous fait l'amour ? Dans combien de positions ?

— Bien assez ! lâcha-t-elle, fière de réussir à répliquer ainsi alors que ses paroles faisaient resurgir dans son esprit une foule de souvenirs érotiques.

— Je suis certain que nous pourrions encore trouver des choses à essayer.

Elle secoua la tête.

— Oublie, Malik. Tu ne me convaincras pas de retomber dans ton lit.

— Tu en es sûre ?

Il y eut un coup de tonnerre, et Sydney sursauta si fort qu'elle en trébucha. Il la rattrapa et la tint contre lui, tout près, si bien qu'elle sentait son cœur battre aussi vite que le sien. Une vague de chaleur l'inonda. A présent, elle ne pouvait plus lutter. C'était ainsi depuis toujours avec lui : il suffisait qu'il la touche pour qu'elle s'embrase.

Il se tourna légèrement et elle sentit contre son corps sa virilité durcie. Sans réfléchir, elle se serra contre lui. Elle entendit Malik haleter.

— Attention, *houri*, murmura-t-il à son oreille. Ou l'on va se retrouver au lit avant même de s'en rendre compte…

Elle en mourait d'envie. Une nuit avec Malik, une nuit de passion ardente et d'amour fou… *Non, pas d'amour.* L'amour devait être partagé. Lui ne l'avait jamais aimée.

— Je suis désolée…, dit-elle en le repoussant.

Il la lâcha et la regarda, les bras ballants. La peau de Sydney fourmillait encore aux endroits où leurs corps étaient entrés en contact et son sang battait dans ses veines — à ses tempes, entre ses cuisses.

— Je suis sûre que ce serait fabuleux, reprit-elle, mais ça ne m'empêcherait pas de le regretter, le lendemain. Et ça ne changerait rien entre nous. Ça rendrait juste plus difficiles les jours qu'il nous reste à passer ensemble.

— Tu veux dire que nous ne pouvons pas être… un peu plus que des amis ?

La question lui serra le cœur.

— Nous n'avons jamais été amis, Malik. Je crois que c'est un aspect des choses que nous n'avons absolument pas exploré.

D'un geste vif, Malik se passa la main dans les cheveux et poussa un soupir de frustration.

— Je ne suis pas d'accord.

Sydney se mordit la lèvre. Elle ne s'attendait pas à ce genre de déclaration de sa part.

— Mais j'ai l'impression que je ne sais rien de toi…

— Tu sais les choses les plus importantes.

— Comment peux-tu dire ça ? Je ne sais rien ! Jusqu'à ce soir, je ne savais même pas que tu aimais Shakespeare.

— J'ai fait mes études en Angleterre. Je suis obligé d'aimer Shakespeare.

— Tu vois ? Ça non plus, je ne le savais pas…

Malik écarta les bras dans un geste d'impatience.

— Alors, que veux-tu savoir ? Dis-le-moi et, si je peux, je te répondrai.

De nouveau, le tonnerre retentit au-dessus de l'océan, mais les grondements étaient moins violents à présent, moins effrayants. Que voulait-elle savoir de Malik ? A la fois tout et rien, parce que plus il se confierait à elle, plus elle risquait de s'attacher à lui et de finir par souffrir. Mais la curiosité l'emporta sur la prudence.

— Je voudrais savoir pourquoi vous êtes si mal à l'aise ensemble, ton frère et toi.

Il ferma les yeux une seconde. Lui jeta un regard où elle lut de la colère.

— J'aurais dû me douter que tu me poserais cette question. Et je ne sais pas quoi te dire. Petits, nous étions proches, puis nous nous sommes éloignés. Les liens affectifs ne sont pas très forts, dans notre famille.

— Comment ça ?

— Eh bien, toi, tu vivais avec tes parents, n'est-ce pas ? Nous, nous avions des nourrices, et nos parents ne dormaient pas toujours là. Notre mère était… nerveuse, disons. Des enfants, c'était trop pour elle.

— Trop ?

Sydney imagina Malik et ses frères grandissant sans leur mère et sa poitrine se serra. Elle regarda Malik. Il paraissait tendu.

— Elle ne nous tolérait que si nous étions extrêmement sages et, de toute façon, elle préférait passer du temps avec ses amis plutôt qu'avec nous. Je crois que ce n'était pas vraiment de sa faute, au fond. Elle était très jeune quand elle a épousé mon père, elle s'est retrouvée enceinte tout de suite et, comme elle ne savait pas quoi faire de nous, elle a profité d'avoir des domestiques pour se décharger de cette tâche.

— Et ton père ?

Malik eut un regard triste.

— Un brave homme. Très occupé. Et très distant. Je crois qu'il avait peu de temps à consacrer à ma mère et que, d'une certaine manière, elle s'est vengée sur nous.

Sydney pensa à ses propres parents, à l'amour qu'ils se portaient et à l'enfance heureuse qu'ils lui avaient offerte. Même si elle avait la sensation, parfois, de les inquiéter ou de les décevoir, elle s'était toujours sentie aimée.

— Ton père devait tout de même être amoureux de ta mère, s'il l'a épousée…

A sa surprise, Malik éclata de rire.

— C'est dans ta culture à toi que le mariage est censé fonctionner ainsi, *habibti*. Ici, on se marie par devoir. Pour former des alliances entre les familles. Pour consolider son pouvoir, étendre son domaine. Mon père a épousé la femme qui lui était destinée. Puis il a fait son devoir, c'est-à-dire qu'il l'a mise enceinte.

Sydney sentit sa gorge se serrer à l'idée de ces unions d'un autre âge, où les sentiments ne jouaient aucun rôle et qui étaient pourtant la règle à Jahfar. Mais était-ce vraiment mieux aux Etats-Unis ? Les gens s'y mariaient souvent par amour, oui, mais l'amour ne durait pas toujours. Elle était bien placée pour le savoir…

— Tu ne me poses pas la question ? reprit Malik au bout d'un moment, la tirant de ses pensées.

— Quelle question ?

— Tu ne m'as pas demandé si moi aussi j'avais une promise.

Son regard était fixe, dur. Sydney sentit un gouffre s'ouvrir dans son ventre. Un mariage arrangé pour Malik ? Elle n'y avait jamais songé, et pourtant…

— C'était le cas ? réussit-elle à articuler.

Il eut un sourire doux-amer.

— Bien sûr. Je suis un prince jahfarien.

7.

Les yeux gris nuage de Sydney étaient soudain pleins de douleur. Malik jura intérieurement. Il n'avait pas voulu lui faire de peine. Il lui faisait toujours de la peine.

— Tu as eu une fiancée ?

Il haussa les épaules, l'air de rien, mais il se sentait mal.

— Pas au sens où tu l'entends…

Elle secoua la tête, ses longs cheveux roux ondulant comme de la soie dans l'obscurité. Le vent ne soufflait plus si fort à présent, et le satin de sa robe de chambre épousait ses formes, soulignant ses seins magnifiques.

— Je ne comprends pas, dit-elle. Tu avais une promise, mais c'est moi que tu as épousée. Pourquoi ?

Malik prit une grande inspiration. La douleur était encore là. L'horreur. La culpabilité. Le ciel clignota de nouveau, illuminant le visage de Sydney. Elle avait l'air perdue, inquiète. Pour lui, comprit-il brusquement. Elle s'inquiétait pour lui. Il ne méritait pas sa compassion.

— Elle est morte, dit-il, surpris de s'entendre prononcer ces mots alors qu'il n'en parlait jamais à personne.

Quand Sydney lui prit la main et la serra dans la sienne, il frissonna des pieds à la tête. Qu'était-ce donc chez elle qui le mettait dans cet état-là ? Il n'aimait pas cela. Il n'avait besoin de personne, pas même d'elle.

— Je suis navrée, Malik.

— Tu n'y es pour rien. C'est arrivé il y a longtemps.

Il y a bien longtemps, oui. Il avait à peine vingt ans à l'époque. Il était jeune et stupide.

Dimah et lui avaient toujours été promis l'un à l'autre. Ils se connaissaient depuis l'enfance, et depuis l'enfance elle lui vouait un amour timide mais absolu qu'il avait commencé, à l'adolescence, à trouver pesant. Quand son père, peu après son vingtième anniversaire, lui avait annoncé qu'il était temps qu'ils se marient, il avait piqué une colère. Puis il était allé voir Dimah et s'était défoulé sur elle.

— Elle s'est tuée, dit-il. Parce que je lui ai dit que je la haïssais.

Il entendit Sydney hoqueter de surprise. Elle allait le mépriser encore plus, à présent. Il s'attendait à ce qu'elle recule, à ce qu'elle le regarde avec dégoût, mais de nouveau elle lui pressa la main.

— Oh ! Malik… Ce n'est pas ta faute…

— J'ai brisé ses rêves…

— Mais c'est elle qui a fait ce choix. Tu ne peux pas t'en vouloir pour ça…

Malik se taisait, les yeux dans le vide.

— Ce ne serait pas arrivé si j'avais fait mon devoir.

— Tu n'en sais rien.

Elle avait glissé ses doigts entre les siens. Il leva leurs mains jointes et déposa un baiser à l'intérieur de son poignet. Il la sentit frissonner.

— Pourquoi me pardonnes-tu de si bonne grâce ? lui demanda-t-il. Tu sais pourtant mieux que personne à quel point je peux me montrer égoïste.

— Je…

Elle baissa les yeux.

— Ça arrive à tout le monde d'être égoïste, reprit-elle. Ça ne veut pas dire que tu es responsable du suicide de Dimah.

Malik était ému. Elle se trompait, bien sûr, mais cela

ne l'empêchait pas de se sentir profondément rasséréné par ses paroles. Cela le touchait qu'elle prenne sa défense.

Il se souvenait de leur première rencontre, à Los Angeles Elle lui faisait visiter une villa. Elle marchait devant lui et il avait été fasciné par ses longues jambes, et intrigué par les regards hostiles qu'elle lui lançait de temps en temps en se retournant. Comme s'il ne l'attirait pas le moins du monde. Il n'avait pas l'habitude de cela : en général, quand une femme apprenait qu'elle avait affaire à un prince célibataire, elle cherchait à le séduire. Mais pas celle-ci. Il avait trouvé cela rafraîchissant.

— Tu es bien charitable, murmura-t-il, les lèvres tout contre son poignet. Je me souviens que ça n'a pas toujours été le cas.

Elle releva vivement les yeux.

— Ça n'a rien à voir, dit-elle avec ardeur. C'est juste que tu n'as pas à te sentir coupable des décisions de quelqu'un d'autre, même quand elles ont des conséquences affreuses.

— Alors ce n'est pas non plus ma faute si tu m'as quitté il y a un an sans la moindre explication ? Si tu es ici aujourd'hui ? Je dois quand même avoir certaines choses à me reprocher, *habibti*, même si je te suis reconnaissant de vouloir me convaincre du contraire.

— Je… Ce sont des décisions que j'ai prises moi-même, murmura-t-elle.

L'orage s'était éloigné. Il y avait encore des éclairs, au loin, et le grondement affaibli du tonnerre, mais Sydney, il le voyait bien, n'avait plus peur. Il choisit de se taire. De la laisser parler. Elle poussa un soupir et resserra la ceinture de sa robe de chambre.

— Nous avons tous les deux des choses à nous reprocher, reprit-elle. Personne n'est parfait.

Elle se passa la main sur les yeux et continua :

— Il y a des choses que je n'ai pas faites comme il fallait, je crois. J'aurais dû trouver le courage de te contredire quand quelque chose ne me plaisait pas. Je t'ai laissé tout contrôler.

Il releva la tête.

— Ce n'est pas l'impression que j'ai eue. Au contraire, je me souviens que quand tu n'étais pas d'accord, tu n'hésitais pas à me le dire.

— Oui, mais pour des petites choses, Malik. Jamais pour ce qui comptait vraiment. J'aurais dû, pourtant.

— Oui, tu aurais dû. J'aurais aimé que tu le fasses.

Elle rit doucement.

— Et maintenant, tu aimerais que je le fasse ? J'ai comme un doute, ô grand prince du désert…

— Tu te moques de moi.

— Non, je suis très sérieuse.

Il la prit par les épaules, et le désir irradia tout son être à ce simple contact.

— Ce qui m'a plu chez toi, dès le début, c'est ton naturel. Tu n'as pas joué le jeu, tu n'as pas essayé de me plaire.

Elle rit.

— Ah ça non, c'est sûr ! C'est tout juste si je ne t'ai pas accueilli avec des insultes. J'étais un peu… agressive, dirons-nous. Tu n'avais pas besoin qu'une énième femme tombe à tes pieds…

Elle baissa les yeux et reprit après un silence :

— Même s'il ne m'a pas fallu longtemps pour en arriver là à mon tour, pas vrai ?

La voir ainsi lui serrait le cœur. Il se souvenait du moment où elle s'était finalement abandonnée, où elle s'était laissé embrasser. Un instant si doux… Pas une seconde il n'avait assimilé cela à de la faiblesse.

— J'ai pris ton indifférence comme un défi, dit-il.

— Tu parles d'un défi ! J'ai cédé en moins d'une semaine.

— Et tu t'en veux, n'est-ce pas ?

Il sentait bien qu'elle regrettait qu'il se soit passé quelque chose entre eux. Cela l'emplissait de tristesse et, en même temps, un puissant désir de la posséder et de lui faire oublier toutes ses souffrances montait en lui.

— Il aurait mieux valu pour nous deux que je réussisse à te résister, dit-elle. Nous n'aurions pas à endurer ces quarante jours ensemble.

Endurer. Le mot le blessait. Une brusque lassitude l'envahit. La soirée avait été fatigante, et Sydney le regardait encore avec une méfiance qui l'exaspérait. Il sentait s'envoler sa patience. Bientôt, il allait la prendre, la jeter sur le lit et lui montrer que, même si elle lui en voulait à mort, il avait toujours le même pouvoir sur elle.

Mais il savait bien que ni lui ni elle n'y gagneraient quoi que ce soit. Il fit un pas en arrière et s'inclina.

— Il est tard, *habibti*. Il faut te reposer.

Puis il partit retrouver sa chambre, et sa solitude.

Sydney mit des heures à s'endormir. Il y avait des questions qu'elle aurait voulu poser à Malik, des choses qu'elle aurait voulu lui dire quand ils étaient ensemble sur la terrasse, mais elle n'avait pas réussi. Il lui avait pourtant semblé plus accessible que d'habitude, plus ouvert — au début du moins. Puis il s'était renfermé et il était parti, la laissant seule au milieu des bourrasques, des éclairs et de l'entrelacs inextricable de ses émotions.

Elle avait hésité à le suivre, mais ce n'était pas une bonne idée. Cela l'aurait mis en colère, et puis c'était trop risqué. Comment pouvait-elle être sûre de contrôler ce qui se passerait si elle entrait dans sa chambre ? Elle était si faible quand il s'agissait de lui résister… En trébuchant, sur la terrasse, elle s'était rattrapée à lui et elle sentait encore sous ses paumes le relief de son torse. Sur le moment, elle avait ressenti un élan de désir d'une violence incroyable, et la sensation était toujours là, lancinante.

Son sommeil fut troublé par des rêves. Elle revoyait Malik lui parlant de Dimah, percevait de nouveau la souffrance dans sa voix. Pourquoi n'avait-il jamais mentionné son existence ?

C'était encore un signe du mauvais départ qu'ils avaient pris, des problèmes qu'elle n'avait pas su voir, aveuglée qu'elle était par ses sentiments. Elle n'avait pas conscience qu'ils se connaissaient à peine, qu'ils se nourrissaient seulement de passion, de volupté, d'exaltation sensuelle et que, dans ces conditions, leur amour ne pouvait pas durer.

Elle s'éveilla à l'aube. Incapable de se rendormir, elle se leva, prit une douche et passa une robe bustier beige clair et une paire de spartiates. Elle se releva les cheveux en queue-de-cheval, se maquilla légèrement, puis sortit dans le couloir pour se rendre à la salle à manger. Elle s'arrêta devant la porte en entendant des voix à l'intérieur. Malik était là, et devait s'adresser à l'une de ses domestiques. Sydney prit une profonde inspiration et entra.

Deux visages se tournèrent vers elle. Dans les yeux sombres de Malik, il y avait de la colère, mais ce ne fut pas ce qui la frappa le plus. Son attention fut attirée par la femme qui se trouvait avec lui. Elle était mince, élégante, richement vêtue… et verte de rage. De toute évidence, il ne s'agissait pas d'une domestique.

La femme se tourna vers Malik et se mit à vociférer en arabe tout en désignant Sydney avec de grands gestes exaspérés.

— Mère, dit finalement Malik d'une voix dure, à présent que ma femme est là, je vous remercierais de me parler en français par égard pour elle.

Sa mère ? Bon Dieu… Et elle la fusillait du regard.

— En français ? Et tu estimes que cette fille a sa place dans notre famille ? Elle ne parle même pas arabe !

— Une langue, cela s'apprend — vous en êtes la preuve.

Sa mère frémit de rage.

— Tu aurais dû faire ton devoir, Malik. Ton père t'a lâché la bride beaucoup trop vite après la mort de Dimah.

Adan t'avait trouvé une autre femme très bien, à ma demande, mais tu n'en as fait qu'à ta tête !

La princesse but une gorgée de café et ses bagues étincelèrent dans le soleil du matin.

— Je préférais chercher une épouse moi-même. Et j'en ai trouvé une.

Malik s'approcha de Sydney, fou de rage, et lui passa le bras autour de la taille. Trop perturbée par la conversation, elle se laissa faire, stupéfaite, quand il l'attira contre lui et l'embrassa sur les lèvres.

— Mère, si vous n'êtes pas prête à accueillir mon épouse avec le respect qu'elle mérite, je vous demande de partir.

— Malik…, commença Sydney. Ce n'est pas nécessaire.

Il la serra plus fort.

— Si, ça l'est. Nous sommes chez nous, ici !

Sa mère se leva dans un gracieux mouvement de soieries et de bijoux précieux.

— De toute façon, je partais.

Elle se dirigea vers la porte. Sydney la regardait, le cœur battant. Brusquement, elle avait chaud, elle se sentait mal. Cette femme était la mère de Malik et elle la méprisait, elle, parce qu'elle était étrangère et qu'elle avait épousé son fils. Elle comprenait mieux à présent pourquoi Malik n'avait pas tenu à l'amener à Jahfar. Mais elle ne voulait pas se rendre responsable d'une brouille entre une mère et son fils, pas quand Malik et elle étaient si près, justement, de ne plus être mariés.

— Dis-lui la vérité, Malik, intervint-elle en s'écartant de lui.

Elle alla se servir une tasse de café. Il fallait qu'elle reste calme, qu'elle garde son sang-froid, même si elle sentait que Malik n'appréciait pas ce retournement de situation. Sa mère se figea. C'était une femme petite, mince, avec le même regard d'oiseau de proie que ses fils, et l'air fier et farouche.

— Quelle vérité ? demanda-t-elle.

Malik était furieux. Et pas contre sa mère, cette fois.

— Ce n'est pas le moment, gronda-t-il.

— Ah bon ? Et ce serait quand, le moment, selon toi ? Dis-lui ce qu'elle veut entendre, Malik. Ne la tourmente pas.

— Malik ? insista sa mère.

Il ne se retourna pas vers elle. C'était Sydney qu'il fixait quand il répondit :

— Nous envisageons de divorcer.

Ce n'était pas exactement ce que Sydney voulait lui entendre dire, mais cela suffisait. Sa mère poussa un soupir de soulagement.

— En voilà une bonne idée !

Puis elle se tourna vers Sydney.

— Je suis heureuse de voir que vous avez tout de même un peu de bon sens. Vous devez savoir que votre place n'est pas parmi nous.

Sydney releva le menton.

— Je le sais, en effet.

Elle avait espéré le contraire envers et contre tout, mais elle avait fini par l'accepter. Elle n'avait pas sa place dans la vie de Malik. L'année qu'elle avait passée sans nouvelles de lui le lui avait confirmé et, s'il fallait d'autres preuves, les trois derniers jours lui en avaient fourni de très claires.

La mère de Malik opina du chef et quitta la pièce dans un froissement de soie, laissant dans son sillage un nuage de parfum. Malik la regarda partir, l'air renfrogné. Quand elle eut disparu, Sydney se laissa tomber dans un fauteuil. Elle se sentait très calme, comme si elle venait d'affronter une tempête épouvantable et y avait gagné des forces. Elle posa sa tasse sur la table d'une main un peu tremblante.

— Ce n'est pas la peine de me regarder comme ça, Malik. Elle aurait fini par l'apprendre de toute façon.

— Oui, mais seulement quand je l'aurais décidé.

Elle se rendit compte qu'il bouillait de colère, et son impression d'avoir survécu à la tempête commença à faiblir.

— Pourquoi en faire un secret ? Ce n'est pas comme

si nous essayions de sauver notre mariage. Nous ne cohabitons que dans un seul but et je refuse de faire croire qu'il y a autre chose entre nous.

Elle savait qu'elle risquait d'y croire, elle aussi, et qu'elle ne supporterait pas une nouvelle désillusion. A force de passer tout ce temps avec Malik, le danger devenait réel de retomber amoureuse de lui et d'imaginer qu'il pouvait l'aimer en retour. *L'aimer en retour ?* Elle chassa cette pensée de toutes ses forces. Elle n'aimait plus Malik. Comment l'aimer alors que leurs dernières conversations lui avaient montré qu'elle le connaissait à peine ?

— Quand tu auras fini ton petit déjeuner, dit-il d'une voix douce — trop douce — tu iras faire tes bagages.

Sydney se figea, sa tasse de café en l'air. Les battements de son cœur explosaient à ses oreilles.

— Tu me renvoies chez moi ?

— Ça ne t'enchanterait pas, n'est-ce pas ?

— Eh bien, c'est-à-dire que, euh… ça compliquerait notre divorce…

— Ne crains rien, Sydney, dit-il d'une voix dure, amère. Tu l'auras, ton précieux divorce. Mais j'ai des affaires urgentes à régler sur mon domaine. Nous partons pour Al Na'ir en fin de matinée.

8.

Ils firent le voyage en hélicoptère. Sydney découvrit à cette occasion que Malik savait piloter, et avec beaucoup d'assurance — encore une chose qu'elle ignorait de lui. Il était assis dans le cockpit de l'appareil avec son copilote et communiquait avec lui grâce à un casque audio également relié au centre de contrôle aérien. Sydney, à l'arrière, regardait le paysage défiler au-dessous d'eux. Plus ils progressaient, plus les dunes rouges et les falaises de grès devenaient imposantes. Ils furent à Al Na'ir en deux heures.

Quand l'hélicoptère amorça sa descente, elle constata avec stupéfaction qu'ils s'apprêtaient à se poser au milieu de nulle part. Ils atterrirent sur un affleurement rocheux autour duquel il n'y avait que des dunes à perte de vue. Avec soulagement, Sydney aperçut tout de même une Land Rover blanche garée non loin de là. Les pales de l'hélicoptère ralentirent leur rotation. Malik sauta à terre, puis vint lui ouvrir la portière. Une bouffée d'air chaud lui brûla le visage et lui coupa le souffle. Dans quel enfer s'étaient-ils échoués ?

— Où sommes-nous ? réussit-elle à lui demander tout en agrippant la main qu'il lui tendait pour l'aider à descendre.

Sur son conseil, elle avait troqué sa petite robe contre une *abaya* de coton blanc plus adaptée aux conditions désertiques, et une paire de ballerines. Elle sentait la chaleur des rochers à travers leurs fines semelles. Le soleil, qui n'avait pas encore atteint son zénith, était déjà accablant.

— Nous sommes dans le désert du Maktal, *habibti*.

— Et pourquoi sommes-nous ici ? demanda Sydney, inquiète. Je croyais que nous allions à Al Na'ir.

— Nous y sommes. Le désert en fait partie, et c'est ici que j'ai à faire.

Sydney jeta un coup d'œil à la Land Rover.

— Pas ici même, n'est-ce pas ?

— Non. Il y a une oasis à environ une heure de route. Nous y trouverons un abri.

Un abri. Sydney s'efforça de ne pas laisser transparaître son anxiété.

— Pourquoi n'y allons-nous pas en hélicoptère ?

— A cause des tempêtes de sable. Si nous en croisions une, nous nous écraserions à coup sûr.

— Et en voiture, nous ne risquons vraiment rien ?

— Non, tant que le moteur ne surchauffe pas.

Sydney n'était pas rassurée. Après les avoir aidés à porter leurs bagages jusqu'à la Land Rover, le copilote échangea quelques mots en arabe avec Malik, puis s'inclina profondément et repartit vers l'hélicoptère.

— Monte dans la voiture, Sydney.

Elle s'exécuta et boucla sa ceinture tandis que Malik s'installait au volant. Le rotor de l'hélicoptère se remit à tourner plus vite, et bientôt l'appareil s'éleva dans les airs et s'éloigna. Sydney crut que son cœur allait jaillir de sa poitrine tant il battait fort. Elle était seule avec Malik à présent, seule avec lui en plein désert. S'ils tombaient en panne, qui les retrouverait ?

— Pourquoi part-il ? demanda-t-elle.

— L'hélicoptère ne pouvait pas rester là, le sable encrasserait le moteur. Il reviendra quand nous serons prêts à rentrer.

— C'est-à-dire ?

— D'ici à quelques jours. Deux semaines au plus.

Deux semaines dans le désert avec Malik ? Elle espérait qu'ils n'en arriveraient pas là. Ce n'était pas comme à Port Jahfar où, si elle voulait passer du temps seule, elle pouvait toujours sortir se promener, aller faire les boutiques ou visiter un musée. Dans le désert, comment s'échapper ?

Il faisait chaud dans la voiture car Malik, pour éviter une surchauffe du moteur, n'avait pas mis l'air conditionné au maximum. De temps à autre, ils devaient escalader une dune, mais ils roulaient pour l'essentiel sur un chemin relativement plat. Quand Sydney aperçut enfin des palmiers au loin, elle poussa un soupir de soulagement.

En arrivant à l'oasis, elle vit un groupe d'hommes vêtus de noir s'avancer vers eux. Malik gara le 4x4 sous des arbres. Les hommes portaient un turban, noir également, qui couvrait le bas de leur visage buriné par le soleil, et ils étaient armés, nota Sydney, de poignards et de pistolets pendus à leur ceinture de cuir.

— Des Bédouins, dit Malik. Ils ne te feront pas de mal.

— Je sais bien, dit-elle, sans pour autant parvenir à se débarrasser de la vague angoisse qu'elle éprouvait.

Malik descendit de voiture pour parler avec les Bédouins. Les hommes s'inclinèrent avec respect, et des garçons plus jeunes arrivèrent pour décharger les bagages. Malik aida Sydney à descendre à son tour et lui montra une grande tente noire dressée à quelques dizaines de mètres de là sous des palmiers. C'était là qu'ils allaient loger.

Sur le chemin de la tente, au centre de l'oasis, se trouvait un grand bassin d'eau claire qui étincelait sous le soleil. Au bord, un groupe de chameaux, l'air paisible, chassaient les mouches à coups de queue.

— D'où vient toute cette eau ? demanda Sydney, étonnée.

— D'un réservoir naturel situé dans la roche à des centaines de mètres sous terre. Elle est là depuis des millénaires. A une époque, cette oasis constituait une étape vitale sur les routes commerciales entre Jahfar et le Nord. Sans elle, le Maktal aurait été impossible à traverser.

Les jeunes garçons les attendaient à l'entrée de la tente avec leurs bagages. Quand ils les eurent déposés à l'intérieur, ils se retirèrent et partirent en direction d'un autre campement, situé à l'autre bout de l'oasis.

— Est-ce qu'ils savaient que tu venais ? demanda Sydney, la main en visière sur son front.

— Non, ils ne savaient pas que j'arriverais aujourd'hui. Mais c'est mon domaine, et je suis leur cheikh, ils sont donc toujours prêts à m'accueillir.

Malik écarta le rabat de la tente et laissa Sydney entrer la première. A l'intérieur, il faisait chaud et lourd. Malik tira sur une chaînette et un ventilateur se mit en marche à pleine puissance. Il ne rafraîchissait pas vraiment l'air, mais c'était mieux que rien.

— Il y a un générateur, expliqua Malik. Il ne suffit pas à faire fonctionner un climatiseur, mais il alimente les ventilateurs et les lampes. Et le réfrigérateur. Nous devrions avoir des boissons fraîches dans moins d'une heure.

— Incroyable… Mais pourquoi sommes-nous venus ici, en fait ? Qu'as-tu à y faire ?

Elle n'arrivait pas à comprendre. Elle s'était attendue à ce qu'ils se rendent dans un centre pétrolier, et ce n'était évidemment pas le cas de cette oasis où il n'y avait ni puits, ni ouvriers, ni véritable infrastructure électrique.

— J'ai négligé trop longtemps de rendre visite aux Bédouins, dit Malik sans la regarder, en allumant d'autres ventilateurs. Il était grand temps que je vienne.

Sydney se passa la langue sur les lèvres.

— Ça n'aurait pas pu attendre ?

Il se retourna, planta son regard dans le sien.

— Non.

Sydney détourna aussitôt les yeux et se concentra sur la décoration luxueuse de la tente, dont les sols et les murs étaient recouverts de tapis éclatants. Le mobilier se composait d'une table basse en cuivre étamé entourée de coussins et d'un grand canapé. Ce qu'elle ne voyait pas, c'était un lit.

— Où est-ce que je dors ?

— Il y a une chambre.

Sydney aperçut une ouverture qui devait mener dans une autre partie de la tente. Et alors, elle comprit.

— Une chambre. Tu veux dire… une seule ?

— Oui, une.

Son pouls s'accéléra. Un seul lit.

— Ça… ne va pas aller, dit-elle en espérant que sa voix ne trahissait pas sa panique.

— Je ne peux pas créer une deuxième chambre, *habibti*. La tente est conçue comme ça.

— Je ne vais certainement pas dormir dans le même lit que toi.

Il s'avança vers elle d'un pas nonchalant et s'arrêta à quelques centimètres. Elle sentit sa chaleur l'envelopper. Ses yeux tombèrent sur sa bouche — sa bouche parfaite, avec ses lèvres pleines, fermes, sensuelles. Elle avait tellement envie de l'embrasser…

— Tu devrais peut-être essayer, dit-il d'une voix suave. Tu devrais peut-être explorer tous les aspects de ce mariage avant de décider d'y mettre un terme définitif.

— Tu plaisantes, j'espère !

Son cœur tambourinait. Le désir envahissait son ventre, coulait dans son sang et commençait à s'épancher entre ses cuisses. Il fallait à tout prix qu'elle parvienne à le réprimer.

— Tu me punis parce que tu m'en veux d'avoir parlé de notre divorce à ta mère. Je suis désolée si ça t'a contrarié, mais je ne voulais pas que vous vous disputiez pour une raison aussi idiote.

Il éclata d'un rire cruel, glaçant.

— Mais c'est peine perdue, ma chère ! Ma mère et moi n'avons jamais su nous entendre. Ce n'est pas toi ni ton départ qui pourrez y changer quelque chose.

Cela lui faisait mal pour lui de l'entendre parler de sa

mère de cette manière, mais elle se souvenait de ce qu'il lui avait raconté de son enfance. Dans sa famille, seuls comptaient le devoir et la tradition. L'amour n'avait pas sa place.

— En fait, tu m'as épousée pour échapper à un nouveau mariage arrangé, n'est-ce pas ? C'est pour cela que tu veux que je reste.

Il hésita une seconde.

— Je t'ai épousée parce que je le voulais.

— Oui, enfin tu voulais surtout montrer à ta mère que c'était toi qui décidais.

— Et si je t'avais épousée parce que je ressentais quelque chose pour toi ? murmura-t-il. Tu as déjà envisagé cette possibilité ?

— Oh non ! dit Sydney en sentant sa gorge se serrer, n'essaie pas de me faire croire ça. Tu ne m'auras pas.

Les yeux de Malik étincelèrent dans la faible lumière.

— Tu me connais à fond, n'est-ce pas, Sydney ? Tu es certaine d'avoir cerné toutes mes motivations. Toutes mes émotions.

— Tu n'as pas d'émotions, jeta-t-elle.

Il se raidit comme si elle l'avait giflé et elle regretta aussitôt ses paroles. Bien sûr qu'il avait des émotions. Il suffisait de voir dans quel état l'avait mis le récit de son histoire avec Dimah, l'angoisse extrême avec laquelle il lui avait avoué qu'il se sentait responsable de son suicide. Non, c'était pour elle qu'il ne ressentait rien. C'était blessant, mais cela ne justifiait pas qu'elle le blesse en retour.

— Excuse-moi, dit-elle en baissant les yeux. Je ne le pensais pas.

— Mais si, justement, dit-il d'une voix glaciale. Et tu le sais aussi bien que moi.

Tu n'as pas d'émotions
Le soleil s'était couché depuis longtemps derrière les

dunes, la température avait chuté et les Bédouins s'étaient rassemblés autour du feu pour fumer le narguilé, boire du café et discuter. Assis parmi eux, Malik les écoutait distraitement. Les mots tournaient en boucle dans sa tête.

Tu n'as pas d'émotions...

Il en avait, des émotions, mais il avait appris très jeune à les enfouir au plus profond de lui-même. De cette manière, personne ne pouvait le faire souffrir. On pouvait l'ignorer, l'abandonner, cela ne le touchait pas. Et on ne lui dirait pas non plus ce qu'il avait à faire. Plus jeune, il n'avait pas eu le choix, mais c'était terminé : à présent, il décidait tout seul de la façon dont il vivait sa vie.

Tu n'as pas d'émotions. Il revoyait le visage de Sydney quand elle avait prononcé ces mots. Elle lui avait paru lasse et fragile. Il savait ce qu'elle avait ressenti pour lui. Et il n'avait jamais eu l'impression d'en profiter. Il était l'un des célibataires les plus convoités au monde, après tout — elle pouvait se réjouir qu'il l'ait épousée.

Il prit soudain conscience de son arrogance. Un an plus tôt, il était convaincu que Sydney ne pouvait que tirer profit de leur mariage, mais manifestement il s'était trompé. Il l'avait rendue malheureuse.

Elle l'avait pourtant aimé, naguère. Il le savait, même si elle ne le lui avait dit que le dernier soir. Elle l'avait aimé, mais pas assez. Autrement, elle ne serait pas partie. Ses doigts se crispèrent sur le narguilé.

A présent, il ne restait plus rien d'autre entre eux que de la passion. Elle ne l'aimait plus, mais elle le désirait encore — cela, il en était certain. L'air se chargeait d'électricité quand ils s'approchaient l'un de l'autre. Et il avait tellement envie d'elle... Il se souvenait de ses caresses, de son odeur, de son corps, et cela lui manquait. Il voulait la posséder de nouveau et lui faire admettre que, peut-être, tout n'était pas fini entre eux.

Il l'avait amenée ici pour cela. Dans ce désert, il n'y avait rien qui puisse les empêcher de se retrouver. Il se releva et remercia les Bédouins pour leur hospitalité. Puis il partit à grands pas vers la tente où il avait laissé sa femme.

Sydney était couchée dans le grand lit sous plusieurs couvertures. Elle était stupéfaite du froid qu'il faisait à présent que la nuit était tombée. Une jeune fille lui avait apporté à dîner, mais elle n'avait pas revu Malik depuis leur dispute de l'après-midi. Pourquoi ne pouvaient-ils pas passer plus de quelques instants dans la même pièce sans se faire du mal ? Sydney glissa une main derrière sa tête et fixa le plafond de la tente. Une veilleuse éclairait la chambre d'une lueur violette. Pourquoi Malik n'était-il pas encore revenu ? Elle avait un peu peur, toute seule et, malgré elle, elle s'inquiétait pour lui.

Un bruit dans la pièce voisine la fit sursauter. Elle s'assit, tirant les couvertures sur sa poitrine, et attendit. Une ombre glissa sur la paroi de la tente, puis un homme entra.

— Malik ? murmura-t-elle avec un peu d'angoisse.

— Tu ne dors pas ?

C'était bien lui. Soulagée, elle se laissa retomber sur les oreillers.

— Non… C'est si calme ici, je n'arrive pas à m'endormir.

Malik fit passer sa tunique par-dessus sa tête et Sydney aperçut sa poitrine dans la semi-obscurité. Son souffle se figea dans sa gorge.

— Je… je ne savais pas à quel moment tu reviendrais. Je vais aller dormir sur le canapé.

Il s'assit sur le bord du lit pour retirer ses bottes.

— Non.

— Non ? balbutia-t-elle. Mais je ne veux pas dormir avec toi, Malik, et encore moins *coucher* avec toi !

— Oui, c'est ce que tu répètes du matin au soir. Mais je ne te crois pas, Sydney.

Il se leva. Il portait encore son pantalon de coton qui

lui tombait sur les hanches, et, le cœur battant, Sydney vit que les muscles de son torse étaient parfaitement dessinés, son ventre plus plat et ferme que jamais. Une langueur irrépressible envahit tout son être.

— Tu ne me forceras pas, lâcha-t-elle.

— Non, dit-il en mettant les mains sur ses hanches, je ne te forcerai pas. Mais ce ne sera pas nécessaire, n'est-ce pas ?

Brusquement, il l'attrapa par la cheville et la tira vers lui jusqu'à ce qu'elle se retrouve sur le dos. En un instant, il était à califourchon au-dessus d'elle. Il baissa la tête et fit doucement glisser ses lèvres sur son cou. Elle posa les mains sur son torse avec l'intention de le repousser, mais elle n'y parvint pas. Le désir la consumait. Elle renversa la tête en arrière, se mordant les lèvres pour réprimer un gémissement.

— Tu as envie de moi, dit Malik d'une voix suave, la bouche tout contre sa peau. Tu es en feu tellement tu as envie de moi.

— Non, dit-elle. Non…

— Alors, repousse-moi, Sydney, l'exhorta-t-il avec passion. Repousse-moi, ou je ne réponds plus de mes actes.

9.

Sydney était paralysée, comme un petit animal face à son plus féroce prédateur. Elle voulait le repousser, et en même temps elle brûlait de le sentir se glisser en elle, doux et puissant à la fois. Elle serra les poings et les paupières. Oh ! comme elle souffrait de le désirer ainsi, en sachant qu'il ne lui appartiendrait jamais ! Elle pensait qu'il allait l'embrasser, que son absence de réaction allait l'encourager à tenter quelque chose, mais au lieu de cela il se souleva et se laissa rouler sur le côté.

Surprise, Sydney réprima des larmes — de frustration, de colère, de tristesse ? Elle ne savait plus très bien. Quand elle était avec Malik, tout devenait confus.

— Pourquoi es-tu partie, Sydney ? demanda-t-il d'une voix presque tourmentée. Comment as-tu pu partir alors que nous avions *ça* ?

— Tu sais très bien pourquoi, dit-elle, la gorge nouée.

— Non, je ne sais pas. Je sais ce que tu m'as dit : que tu as surpris ma conversation avec mon frère, mais pourquoi cela t'a-t-il fait partir ? Tu aurais pu m'en parler.

— T'en parler ? s'étrangla-t-elle. Mais je ne pouvais pas. Tu m'avais humiliée !

— Ce qui aurait dû te mettre en colère.

— Mais je l'étais, en colère !

Il se retourna vers elle.

— Alors explique-moi pourquoi tu as pensé que partir réglerait le problème.

Sydney se redressa et s'assit dans le lit. Comment lui dire ? Comment lui expliquer qu'elle avait toujours su qu'elle n'était pas assez bien pour lui ? Que ce qu'ils vivaient était trop beau pour être vrai ?

— J'étais mal, dit-elle. Tu ne voulais plus de moi, et je n'allais pas rester et faire semblant de ne pas savoir. Et puis… Et puis…

Elle se tut, incapable d'évoquer leur dernière nuit ensemble, celle où elle lui avait avoué ses sentiments et où il n'avait rien répondu. C'était trop humiliant, même un an après.

— Quand t'ai-je dit que je ne voulais plus de toi ?

Elle réfléchit. Il ne l'avait jamais dit, c'était vrai. Mais elle n'était pas stupide.

— Tu as confié à ton frère que c'était une erreur de m'avoir épousée. C'était assez clair, je crois.

Il lui prit la main. Elle essaya de se dégager, mais il la retint.

— C'est vrai que c'était une erreur, Sydney. C'était une erreur de t'épouser sans t'expliquer d'abord ce que cela signifiait d'être ma femme. Est-ce que tu pouvais imaginer que ma mère allait te mépriser ? Que tu serais toujours une étrangère à Jahfar ? Tout cela, j'aurais dû t'en parler.

— Qu'est-ce que tu essayes de me dire ? demanda-t-elle, la gorge serrée. Que c'est de mon bien-être à moi que tu t'inquiétais ? Dans ce cas, pourquoi n'es-tu pas venu me chercher ? Pourquoi ne m'as-tu pas téléphoné ?

— Tu m'as quitté, Sydney… Aucune femme ne m'avait fait ça avant toi.

Evidemment ! songea-t-elle. Il était bien trop fier pour lui courir après. Sauf que, s'il l'avait aimée, fierté ou pas, il ne l'aurait pas laissée partir comme ça. Elle se mordit la lèvre pour l'empêcher de trembler et secoua la tête avec rage.

— Ça ne sert à rien d'en reparler, de toute façon. Nous savons tous les deux que nous ne sommes pas faits l'un

pour l'autre. Ça n'aurait jamais pu marcher entre nous…
Non, le divorce, c'est la bonne décision.

— Peut-être… Mais mes conditions ont changé.

Une brusque angoisse saisit Sydney.

— Qu'est-ce que tu veux dire ?

Il s'assit à son tour et lui fit face.

— A partir de maintenant, dit-il d'une voix ferme, si
tu veux vraiment ce divorce, tu dormiras toujours avec
moi. Après tout, nous sommes tenus de vivre ces quarante
jours comme mari et femme.

— Mais…, fit Sydney, suffoquée, ce n'est pas ce que
nous étions convenus à Los Angeles !

— Ici, c'est le désert, *habibti*. Et on ne lutte pas contre
le désert, on s'adapte. Ou l'on meurt.

— Mais… Mais… C'est du chantage !

— J'en ai conscience, dit-il d'un ton froid. Mais c'est
le prix à payer. Si tu n'es pas d'accord, tu es libre de t'en
aller. Nous resterons simplement mariés pour l'éternité.

Sydney fit un effort pour se calmer. Elle était absolument hors d'elle — et terrifiée.

— Pourquoi fais-tu ça ? demanda-t-elle d'une voix
tremblante. Les choses sont déjà difficiles sans que tu
aies besoin d'en rajouter… Comment peux-tu abuser de
ton pouvoir de cette manière ? Tu me dégoûtes…

Elle sursauta quand, d'un geste brusque, il attrapa un
oreiller et y donna un grand coup de poing. Mais ensuite
il s'étira, l'air de rien, et se rallongea, glissant l'oreiller
sous sa tête.

— Tu as le choix, Sydney. Soit tu acceptes ces conditions, soit tu repars à Los Angeles sans ton divorce.

— Tu parles d'un choix ! murmura-t-elle.

— C'est celui que je te donne, dit-il dans un bâillement.

Elle se tut, le cœur plein d'angoisse, ne sachant que
dire de plus pour tenter de le convaincre. Elle ne pouvait
plus être sa femme, elle ne le supporterait pas. Il allait
la détruire.

— Je vais dormir sur le canapé, lâcha-t-elle au bout d'un moment.

Mais Malik s'était endormi.

Sydney quitta la chaleur du lit pour aller se pelotonner sur le canapé et ne tarda pas à s'endormir à son tour. Mais quand elle s'éveilla le lendemain matin, elle était de nouveau couchée dans le lit, blottie sous les couvertures, et Malik était parti. Elle était étonnée et gênée de penser qu'il l'avait portée d'un endroit à l'autre sans même qu'elle s'en rende compte. Comment était-ce possible ?

Elle se leva et alla prendre une douche dans la salle de bains carrelée, d'une sophistication remarquable pour cette tente au milieu du désert, puis passa une *abaya* en coton blanc léger et des sandales. Quelques minutes plus tard, une jeune fille lui apporta le petit déjeuner, qu'elle prit dans le salon en regardant la télévision par satellite.

L'une des chaînes diffusait un sujet sur un couple d'acteurs hollywoodiens, et les images familières de Los Angeles, en arrière-plan, ramenèrent les pensées de Sydney vers sa famille. Elle se demanda ce que faisaient ses parents. Ils s'étaient réjouis qu'elle parte à Jahfar avec Malik — apparemment, avoir un prince pour gendre pouvait faire de la publicité à l'agence. Elle n'avait pas eu le cœur de leur dire la vérité, et elle savait qu'ils seraient déçus quand ils la verraient rentrer seule, même s'ils ne l'avoueraient pas. A vrai dire, ils ne lui faisaient jamais de reproche, mais elle savait ce qu'ils pensaient et parlait peu de sa vie avec eux. Sa sœur, en revanche, avait toujours été sa plus proche confidente, mais depuis six mois Alicia avait un nouveau petit ami, Jeffrey, avec qui elle passait tout son temps quand elle n'était pas à l'agence. Sydney aurait voulu lui parler de Malik, mais elles n'avaient plus jamais l'occasion de discuter, ni à la pause déjeuner, car Jeffrey venait toujours chercher Alicia à cette heure-là, ni au téléphone, car chaque fois que Sydney l'appelait, elle sentait qu'elle les dérangeait.

Comme la télé commençait à l'ennuyer, Sydney décida de s'aventurer dehors. La chaleur y était étouffante. Elle s'était couvert la tête d'un foulard, qu'elle ajusta pour mieux se protéger du soleil, et s'avança vers l'étendue d'eau luisante, au centre de l'oasis. Personne n'était dehors à part elle. De temps en temps, du côté du campement des Bédouins, elle apercevait un enfant qui sortait d'une tente puis y rentrait aussitôt. Elle allait faire le tour du plan d'eau, se dit-elle. Cela lui ferait un peu d'exercice. Quelques chameaux, couchés sous les arbres, la regardaient marcher en ruminant.

Au bout de quelques minutes, elle commença à avoir un peu de mal à respirer. Elle prit une bouffée d'air qui lui brûla les poumons, et il lui sembla que sa gorge, desséchée, se resserrait. Finalement, elle trébucha au pied d'un palmier et tomba à genoux. Elle avait mal au ventre, et la tête comme dans du coton.

Les secondes s'écoulèrent, puis un bruit lui fit lever les yeux. Un cheval noir, gracieux et puissant, avec des pompons rouges qui pendaient de sa bride et de son collier, se dressait devant elle, lui cachant le soleil. Il y avait un homme sur son dos, vêtu de noir des pieds à la tête. Le cheval, les naseaux dilatés, heurta le sol d'un sabot impatient. Son cavalier sauta à terre.

— Sydney...

Sa voix était étouffée par le tissu qui lui recouvrait le nez et la bouche, mais ses yeux...

— Bonjour, Malik. Je faisais une promenade.

Avec un juron, Malik la prit dans ses bras et se dirigea à pas rapides vers leur tente. Elle s'attendait à ce qu'il la dépose sur le canapé et lui apporte un verre d'eau fraîche, mais au lieu de cela il la porta dans la salle de bains, ouvrit l'eau et la poussa sous la douche tout habillée. Sydney se mit à haleter en sentant l'eau froide ruisseler sur sa peau.

— Qu'est-ce que tu fais ?

Il arracha le morceau d'étoffe qui lui couvrait le visage.

— Il fait beaucoup trop chaud dehors, c'est dangereux. Tu n'aurais jamais dû quitter la tente.

— Enfin, Malik, je ne suis sortie que cinq minutes ! Je ne suis pas mourante !

— Tu t'es effondrée.

Il la maintenait fermement sous l'eau et ses manches étaient trempées.

— Mais non… J'allais me relever. J'avais juste besoin de faire une pause.

— Qu'est-ce qui t'a pris, bon sang ? On est en plein désert, Sydney. Tu aurais pu mourir. Sans parler de la chaleur, il y a des scorpions, des vipères…

Des vipères ? Sydney frissonna.

— Je voulais juste aller quelque part… Je m'ennuyais, et tu n'étais pas là…

— Oui, c'est une excellente raison pour risquer ta vie.

Sydney ferma les yeux. La colère et la frustration enflaient en elle, et il fallait qu'elle les exprime d'une manière ou d'une autre sous peine d'exploser. Sans réfléchir, elle recueillit de l'eau au creux de sa main et la jeta à la figure de Malik. Il cligna les yeux, surpris, l'eau dégoulinant sur ses joues, son nez, ses lèvres.

— Ah, tu veux jouer à ça ? dit-il d'un ton menaçant.

Il se débarrassa de son turban mouillé, enferma les deux poignets de Sydney dans l'une de ses mains et lui mit la tête sous le jet de la douche pendant plusieurs secondes. Quand il la relâcha, elle avait à moitié bu la tasse et elle était furieuse. Toussant, crachotant, elle se jeta sur lui, agrippa fermement le tissu de sa *dishdasha* et le tira vers elle de toutes ses forces. Perdant l'équilibre, il se retrouva à son tour sous la douche, aussi trempé que Sydney, et il la regarda d'un air tellement surpris qu'elle éclata de rire.

— Alors, ça te plaît ? demanda-t-elle.

Il mit un instant à retrouver sa contenance, puis il

ramena en arrière ses cheveux humides et lui fit un grand sourire. Le cœur de Sydney trébucha dans sa poitrine.

— Oh oui, ça me plaît beaucoup.

Il avait baissé les yeux sur son *abaya* mouillée et, quand Sydney l'imita, elle laissa échapper un cri de surprise. Le tissu blanc était devenu transparent — autant dire qu'elle était presque nue. La robe lui collait à la peau, soulignant le contour de ses seins, laissant voir leurs aréoles sombres et, entre ses cuisses, la fente ombrée de son sexe. Elle releva les yeux vers lui, croisa son regard brûlant et sentit tout son être s'embraser. Il fit un pas vers elle.

— Malik…

Elle avait envie de lui à en mourir, mais elle était terrifiée à l'idée qu'ils fassent de nouveau l'amour — presque autant qu'à l'idée que cela n'arrive plus jamais. Elle le vit approcher d'elle une main tremblante, et cette main enveloppa son sein, effleurant du bout du pouce la pointe dressée de son mamelon. La caresse l'électrisa. L'eau qui continuait à ruisseler sur eux ne pouvait rien contre le feu qui la dévorait de l'intérieur. Il n'y avait qu'une manière de l'éteindre…

— Et voilà, *habibti*, murmura Malik. Tu as réussi. Je te félicite…

— Ré… réussi quoi ? balbutia-t-elle.

Pour toute réponse, il lui prit la main et pressa les lèvres contre sa paume. Puis il la posa sur son torse et doucement, tout doucement, il la fit glisser vers le bas.

10.

Incapable de quitter des yeux son beau visage fiévreux, Sydney sentait contre sa paume son membre dressé, énorme et vigoureux, dont la chaleur se communiquait à tout son corps. Le désir la suffoquait. Elle avala sa salive.

Elle savait qu'elle n'avait qu'à retirer sa main pour que les choses en restent là, mais au lieu de cela, le cœur battant à tout rompre, elle fit lentement glisser ses doigts le long de son sexe. Malik tressaillit et ses yeux brillèrent encore plus fort. Puis il l'attira contre lui d'une main puissante et, après une infime hésitation, inclina le visage vers elle et l'embrassa.

Elle savait depuis le début qu'elle ne pourrait pas lui résister. Ses lèvres s'entrouvrirent et un gémissement monta de sa gorge quand leurs langues se rencontrèrent. Il l'étreignit alors et l'embrassa avec toute la fougue de son désir frustré. En même temps, il commença à la déshabiller. Sydney avait envie de rire — de bonheur, de nervosité… Car elle ne rêvait pas : c'était bien Malik qu'elle était en train d'embrasser. Malik, son mari. L'homme qu'elle avait aimé. Un bref instant, elle songea qu'elle aurait dû l'arrêter, mais il était trop tard. A force de jouer avec le feu, elle s'y était laissé prendre — elle n'avait plus qu'à espérer qu'elle en sortirait vivante.

Elle était nue à présent et, sous les courants d'air créés par les ventilateurs, sa peau mouillée se rafraîchissait.

Elle commençait à avoir la chair de poule. Malik cessa de l'embrasser pour regarder son corps. Gênée, elle l'imita.

— Tu es belle, murmura-t-il.

Puis il la souleva, l'assit sur le muret qui entourait la douche et, baissant la tête vers son sein, se mit à en sucer doucement la pointe dressée. Sydney se pâmait. Elle sentait son sexe palpiter et se gorger de désir. Comme s'il l'avait deviné, il fit glisser ses doigts sur son pubis, caressant ses boucles soyeuses… Quand il s'aventura à l'orée de son sexe humide, elle gémit de plaisir.

— Ah, Sydney… Ça m'a manqué.

Alors même qu'elle tremblait d'excitation, elle sentit son cœur se serrer. « *Ça* m'a manqué .» Pas : « *Tu* m'as manqué. » Mais elle oublia tout quand il plongea un doigt en elle. Un second doigt rejoignit bientôt le premier, puis son pouce alla chercher son clitoris et l'effleura. Sydney crut qu'elle allait se mettre à pleurer tant le désir intense et douloureux qu'il faisait naître en elle lui était familier. Cela faisait si longtemps…

— Malik…

— Je me souviens de tout, murmura-t-il. Je n'ai pas oublié une seconde des heures que nous avons passées à faire l'amour. Je sais ce que tu aimes, *habibti*. Je sais ce qui te fait du bien.

Il referma les lèvres sur la pointe durcie de son autre sein et la suça avec ardeur, lui arrachant un soupir d'extase. Elle renversa la tête en arrière et il continua, encore et encore, jusqu'à la rendre folle. A présent elle voulait le sentir en elle. Tout entier. Sans attendre. Elle voulait le sentir au plus profond d'elle-même et aller jusqu'au bout, avec lui — jusqu'à la transe.

Mais il n'allait pas l'y emmener si vite. Elle le savait. Malik était un amant accompli. Il connaissait le corps de Sydney comme si c'était le sien. Il savait la faire trembler, soupirer, se cambrer, l'appeler de tout son être ; il savait faire surgir en elle une infinité de sensations, la faire gémir d'impatience et hurler de plaisir jusqu'à l'épuisement. Il était le seul à la mettre dans cet état, et cela l'effrayait car elle savait désormais à quel danger elle s'exposait. Pourtant, elle n'arrivait pas à se retenir, elle ne *voulait* pas se retenir de vivre ces instants. S'il elle devait se brûler les ailes, autant le faire en beauté…

Malik continuait à faire glisser ses doigts dans son sexe tout en caressant son clitoris en petits cercles rapides, et bientôt elle sentit qu'elle allait jouir d'un instant à l'autre — mais il était trop tôt. Elle avait attendu si longtemps pour revivre ces sensations qu'à présent elle voulait faire durer le plaisir.

— Je veux te voir, souffla-t-elle sans même savoir comment elle réussissait à penser ni à parler.

Il se redressa, les yeux luisants.

— Alors, déshabille-moi, *zawjati*.

Elle considéra sa tunique trempée avec perplexité.

— Je vais t'aider, reprit-il en guidant ses mains vers les liens qui fermaient sa *dishdasha*.

Elle comprit vite comment les dénouer et ouvrit les pans de l'habit, révélant son torse nu. Malik souriait, amusé peut-être de son impatience. Mais elle ne pouvait s'empêcher de le toucher, de faire courir ses paumes sur le relief de ses muscles, réprimant à grand-peine l'envie d'y presser les lèvres pour goûter de nouveau sa peau. Malik avait beau être issu d'un milieu très privilégié, il n'en restait pas moins un fils du désert, un homme dont la musculature semblait forgée par l'environnement impitoyable dans lequel il avait grandi.

Il portait encore son pantalon et ses bottes cavalières, mais Sydney devinait que ces dernières seraient difficiles à ôter. Or elle ne voulait pas attendre. Elle desserra le cordon de son pantalon et, tout en cédant au désir d'embrasser son torse, plaqua la main contre son sexe en érection. Malik se tendit et, doucement, prit le visage de Sydney entre ses mains.

— Ça ne va pas durer longtemps si tu continues comme ça.

Sydney frotta sa joue contre la sienne en souriant. Elle aimait sentir qu'elle avait le pouvoir de le maintenir ainsi sur le fil, jusqu'à ce qu'il bascule dans le vide… Et alors, c'était spectaculaire…

L'eau ne coulait plus sur eux. Elle n'aurait pas été capable de dire quand il l'avait arrêtée, mais c'était mieux ainsi. A présent, elle n'avait plus que son goût à lui sur la langue, sa peau chaude et salée, ce mélange de savon et de sueur qu'elle aimait tant.

Elle promena sa langue entre ses pectoraux, descendit le long de son abdomen. Puis, libérant de son pantalon son membre dressé, elle le prit dans sa bouche. Un râle s'échappa de la gorge de Malik. Tout son corps se raidit. Sydney leva les yeux. Il avait renversé la tête en arrière et les muscles de son cou étaient tendus à l'extrême, comme s'il luttait pour ne pas craquer. Il lui glissa la main dans les cheveux, crispa le poing. Resserrant les doigts autour de son sexe, elle fit tournoyer sa langue sur son extrémité veloutée. Il était si doux et si dur à la fois. Elle aurait voulu le faire jouir de cette manière, mais il n'en était pas question.

Il l'obligea à se redresser et la souleva par les hanches pour la rasseoir sur le muret de la douche. Elle noua les jambes autour de ses fesses et se jeta sur lui pour l'embrasser avec fougue, et leurs langues dansèrent l'une avec l'autre, emportées dans une valse frénétique et jubilatoire. Alors elle le sentit entre ses cuisses, chaud et dur, impatient d'entrer en elle. Elle haussa une hanche puis l'autre pour l'aider, enroula les bras autour de son cou, se cambra. Elle n'en pouvait plus d'attendre.

Malik la pénétra lentement, très lentement, puis, d'un long mouvement qui leur arracha à tous les deux un gémissement de plaisir, il s'enfonça tout entier en elle. Il quitta ses lèvres pour embrasser sa joue, sa gorge. Il l'emplissait et elle sentait leur chair palpiter à l'unisson. C'était divin. Comment s'étonner qu'elle ait voulu croire à leur histoire et ait accepté de l'épouser un an plus tôt ? Elle n'était pas particulièrement portée sur le sexe et avait toujours su dominer ses pulsions, sauf avec lui, parce que avec lui il se passait quelque chose d'extraordinaire. Quand ils étaient ensemble ainsi, elle était prête à faire tout ce qu'il lui demandait.

Elle fit glisser les mains sur son dos et ses fesses, se cambra et ondula des hanches pour tenter de l'attirer encore plus profondément en elle.

— Sydney…, murmura-t-il, le souffle court.

Il était tout près de perdre le contrôle, et c'était ce qu'elle voulait.

— Maintenant, Malik…

Les mains de Malik se crispèrent sur ses hanches, puis il se retira si loin qu'elle crut, avec une pointe d'angoisse, qu'il avait l'intention de tout arrêter là. Mais il replongea en elle et ils furent de nouveau unis. Sydney avait envie de rire de bonheur, mais elle ne le put pas : le plaisir, qui montait en elle en vagues brûlantes, prodigieuses, lui coupa le souffle. Malik répéta son ample mouvement de va-et-vient et brusquement elle s'embrasa, avec la sensation que son corps se contractait avant d'exploser en un milliard d'aiguilles liquides. Elle cria son nom, malgré elle, consciente qu'à cet instant il devait triompher. Il la possédait corps et âme et il le savait. Mais la raison n'avait plus son mot à dire. Sydney ne désirait qu'une chose : qu'il continue, qu'il la prenne encore et encore et fasse rejaillir mille fois ce même plaisir insensé. Elle en tremblait encore…

— Ça va ? lui demanda doucement Malik.

Elle secoua la tête, enfouit le visage dans le creux de son cou. Elle sentait le pouls de Malik, rapide, battre contre sa tempe. Elle attendit quelques instants que les éclats d'elle-même s'assemblent de nouveau, recomposant un tout qu'elle ne reconnaissait pas tout à fait. Ou peut-être que si. Oui, c'était la même faim qu'un an plus tôt, le même besoin *vital*, soudain, d'être avec Malik et de faire l'amour avec lui.

Il lui releva le menton du bout du doigt, et l'inquiétude qu'elle lut dans son regard fit battre son cœur.

— Je t'ai fait mal ? demanda-t-il avec tendresse.

— Non…

Elle savait qu'il parlait de douleur physique, et ce n'était pas le problème. Les blessures du cœur étaient une autre histoire…

— Tant mieux, dit-il. Parce que j'ai envie de toi, Sydney. J'ai *besoin* de toi.

Il recommença à l'embrasser, les mains posées sur ses hanches, et quand elle enroula les jambes autour de sa taille il entra de nouveau en elle. Ses mouvements sensuels et puissants la transportaient. Elle se cambra, pressant les seins contre son torse, tandis qu'il l'embrassait dans le cou et lui murmurait des mots doux en arabe. Puis il se pencha pour prendre dans sa bouche la pointe de son sein et la suça si fort que les étincelles du plaisir, fusant vers son sexe, y rallumèrent leur incendie. La sensation enflait en elle, trop merveilleuse pour être contenue, et elle sut que l'explosion était proche. Les mouvements de Malik s'accélérèrent, il l'étreignit plus fort, puis, glissant une main entre eux pour caresser son clitoris, il la fit s'envoler en un éclair vers la volupté suprême. Une longue vague de plaisir déferla en elle et, de nouveau, au milieu des soupirs d'extase, son nom franchit ses lèvres. Il continua à se mouvoir en elle, plus lentement, de manière plus contrôlée, et elle savait qu'il s'efforçait de lui donner encore du plaisir, tout le plaisir possible avant de jouir à son tour.

— Malik…, murmura-t-elle dans un sanglot.

— Encore une fois, Sydney. Je veux te voir jouir encore une fois.

Elle serra les paupières, essayant d'ignorer les sensations qui montaient en elle, parce qu'il allait finir par lui faire perdre la tête à force de la mettre dans cet état.

— Je ne peux pas ! cria-t-elle.

— Tu sais que tu peux.

Plaquant ses grandes mains sur ses fesses, il la souleva, toujours en elle, et la porta dans la chambre. Il la regardait avec des yeux brûlants, et Sydney se demanda comment il parvenait à se retenir de jouir aussi longtemps. Mais sans doute ne valait-il mieux pas se poser la question, sans doute la réponse avait-elle trop à voir avec les sentiments qu'il éprouvait — ou n'éprouvait pas — envers elle pour qu'elle ait envie de la connaître.

Malik posa le genou sur le lit et s'y laissa doucement tomber avec elle. Il cambra les reins, la fit gémir en entrant de nouveau en elle, puis se retira et, avant qu'elle puisse protester, glissa les pouces dans son sexe et se pencha pour y poser les lèvres. Elle sentit sa langue chaude et dure s'inviter dans sa chair, puis il se mit à sucer son clitoris avec autant d'ardeur qu'il en avait montré un peu plus tôt pour ses seins.

Sydney sentait venir un troisième orgasme. Elle sanglota le nom de Malik, le suppliant d'arrêter. Non qu'elle eût mal ou qu'elle n'éprouvât plus de plaisir : ce qu'elle ressentait était simplement trop intense, trop bouleversant. Elle ne pourrait jamais se libérer de lui, jamais aimer un autre homme si elle remplissait sa mémoire de ce genre de souvenirs.

— Encore une fois, répéta-t-il.

Sydney se laissa emporter, et pendant qu'elle jouissait, Malik remonta le long de son corps, déposant une pluie de baisers sur sa peau électrisée.

— Tu as encore envie de moi ? demanda-t-il d'une voix suave.

— Tu sais bien que oui.

— Tu n'en as pas assez comme ça ?

Elle secoua la tête. Elle savait qu'elle devait être rouge et échevelée, mais elle s'en moquait. Elle avait besoin de le sentir en elle. Il l'aida à se redresser et la fit pivoter, si bien qu'elle se retrouva dos à lui, à quatre pattes sur le lit. Il effleura son sexe, l'excitant de nouveau jusqu'à la faire haleter d'impatience. Puis il entra en elle. Sydney se cambra, sentit ses cheveux glisser sur son dos. Malik enroula un bras autour de sa taille et se serra contre elle tout en continuant à se mouvoir contre ses fesses tandis qu'il recommençait à caresser son clitoris. C'était primaire, presque sauvage, et c'était bon.

Le plaisir monta encore une fois jusqu'au point de non-retour, et elle se laissa submerger par ses vagues brûlantes. Le bras de Malik encerclait sa taille, son torse était pressé contre son dos et elle sentait son souffle sur son oreille tandis qu'il continuait à aller et venir en elle. Puis son corps se raidit et il jouit enfin dans un cri.

Il se laissa retomber sur le dos, et elle s'allongea près de lui. Il lui caressa la joue, repoussant une mèche de cheveux qui lui tombait dans les yeux, puis il attira son visage vers lui et l'embrassa longuement.

— Je suis détruit, dit-il dans un soupir.

Mais Sydney savait bien qui, de tous les deux, était le plus détruit. Peu importait ce qui se passerait désormais, combien de jours ils resteraient encore ensemble ; peu importait qu'ils refassent l'amour cent fois ou s'évitent, au contraire, jusqu'à la fin de son séjour à Jahfar, elle ressentait quelque chose pour cet homme que rien ne pourrait jamais anéantir. Elle avait cru que le temps et la distance s'en chargeraient, mais elle s'était trompée. Un après-midi, un seul, entre les bras de Malik, et la vérité était déjà trop éclatante pour qu'elle puisse la nier.

11.

Quand Malik s'éveilla, il faisait nuit. Sydney dormait à côté de lui, pelotonnée sous le drap comme si elle essayait de se faire toute petite. Il se haussa sur un coude et la regarda en souriant. Il ne connaissait personne qui ait à la fois aussi peu confiance en soi et aussi peu de raisons de douter de sa valeur. Doucement, il écarta les cheveux qui lui tombaient devant les yeux et contempla son joli visage. Puis il s'étira et se leva pour aller chercher un peu des victuailles qu'ils avaient laissées sur la table basse, près du lit. Il trouva de la pita et des olives, et un peu de fromage.

Il se rassit dans le lit pour manger, pensif. L'après-midi avait été long ; ils avaient un peu dormi, un peu mangé, mais surtout ils avaient fait l'amour d'innombrables fois, toujours avec une intensité qui le sidérait. Sydney lui faisait plus d'effet que n'importe quelle autre femme et elle était comme une drogue : il avait sans cesse besoin de retrouver la montée d'adrénaline qu'il ressentait lorsqu'il était en elle, ou le bien-être qu'il éprouvait en sa compagnie. Jamais de sa vie il ne s'était senti aussi à l'aise avec quelqu'un.

Il ne savait pas très bien ce qui l'avait poussé à lui dire que, désormais, ils devraient toujours dormir ensemble, si ce n'est qu'il en avait assez de l'entendre répéter qu'il ne se passerait plus rien entre eux. Cela le mettait en colère. Elle était partie une fois déjà et il avait été trop fier pour lui courir après. Il aurait dû, pourtant — il aurait dû la suivre à Los Angeles et lui rappeler combien ils étaient bien ensemble. Il ne pouvait pas la laisser s'enfuir une nouvelle fois sans s'assurer qu'elle savait exactement à quoi elle renonçait.

— Malik ?

— Je suis là. Tu veux manger quelque chose ?

Elle se redressa sur ses coudes et bâilla.

— Non merci. Quelle heure est-il ?

— Je ne sais pas. Je n'ai pas regardé. A mon avis, c'est le milieu de la nuit.

— Ce ne serait pas très étonnant. On a quand même passé une bonne partie de la journée à dormir.

— Ah bon ? dit-il en rentrant dans le lit, le sourire aux lèvres, et en s'approchant de son corps chaud.

Elle rit.

— De temps en temps.

— Comment te sens-tu ?

Elle s'étira langoureusement.

— Epuisée…

Il avait espéré qu'elle répondrait : « Heureuse. » Il s'interdit d'être déçu.

— Nous aurions peut-être dû y aller plus doucement.

— Je ne suis pas sûre que c'était possible.

— Tout de même, insista-t-il. Ce coup de chaleur aurait pu t'être fatal. J'aurais dû te laisser le temps de récupérer.

— Mais tu vois, malgré la manière dont tu m'as rudoyée, je suis en pleine forme et remarquablement vivante.

Il essaya de se retenir de rire, sans succès.

— Dans ce cas, sache que je serais ravi de te rudoyer plus souvent.

Elle soupira, et Malik se crispa légèrement. L'ambiance tournait soudain à la mélancolie, et il sentait venir une discussion qu'il aurait préféré éviter.

— C'était fantastique, Malik. C'était parfait. Mais à quoi est-ce que ça nous avance de coucher ensemble ?

Il ne savait pas quoi dire. Il n'avait pas la moindre

idée de ce qu'il pouvait se passer ensuite, de ce que cela impliquait d'avoir fait l'amour avec elle, et il ne voulait pas y penser.

— Il n'y a pas de mal à se faire du bien, si ? Et puis je me sens plus calme, maintenant. J'éprouve un grand bien-être.

— Et c'est tout ce que tu éprouves ? demanda-t-elle d'une petite voix.

Il l'attira contre lui.

— Tu sais bien que non, Sydney, murmura-t-il en embrassant la peau sucrée de son cou.

Il sentit ses mains glisser sur ses épaules nues, et elle poussa un petit gémissement quand il souffla doucement sur le coin de peau humide où il avait posé les lèvres.

— Mais *non*, dit-elle. Je ne sais rien de ce que tu ressens. Tout ce que je sais, c'est qu'il y a une alchimie extraordinaire entre nous, mais ce n'est pas suffisant, n'est-ce pas ?

— C'est un bon début…

Il ne voulait pas parler de sentiments, pas maintenant. Il avait l'estomac noué à la seule idée d'aborder le sujet. Il prit son sein au creux de sa paume, en pinça la pointe entre ses doigts. Elle tressaillit.

— Malik…, souffla-t-elle. Je suis sérieuse.

— Mais moi aussi, je suis très sérieux…

Il s'empara de ses lèvres, entraîna sa langue dans une danse torride, et il la sentit glisser les doigts dans ses cheveux et se cambrer contre lui. Il avait de nouveau envie d'elle, et elle dut sentir son sexe se durcir, car elle poussa un gémissement et se lova contre lui.

— Tentatrice…, murmura-t-il.

Puis il prit dans sa bouche la pointe dressée de son sein.

— Oh ! je n'arrive pas à réfléchir quand tu fais ça…

— Alors ne réfléchis pas. Laisse-toi aller.

— Mais Malik, soupira-t-elle, je veux te parler. Je veux te connaître. Je ne peux pas juste me contenter de… ça.

Il releva la tête, brusquement irrité. Il se sentait frustré, et en proie à une angoisse qui lui était étrangère.

— Je te désire si fort que je *souffre* quand je ne peux pas te voir, Sydney. J'ai souffert comme ça pendant un an. Ça ne te suffit pas ?

Elle ne répondit rien pendant un long moment, puis :

— Non, ça ne me suffit pas.

Malik se laissa rouler sur le côté avec un soupir et se couvrit le visage de son bras, le cœur battant.

— Nous avons déjà vécu cette situation, reprit Sydney, et regarde où ça nous a menés !

Malik s'assit au bord du lit et se mit à la recherche de son pantalon.

— Je te rappelle que c'est toi qui es partie, *habibti*.

Il savait qu'il devait paraître sans cœur, mais il ne voulait pas se laisser submerger par l'émotion brûlante qui saturait l'air. Il n'était pas prêt pour cela. Il ne le serait jamais.

— C'est vrai, dit-elle, je suis partie. Et peut-être que j'ai eu tort, mais tu as ta part de responsabilité, toi aussi.

— Oui, j'ai bien compris.

Il trouva son pantalon, passa les jambes et se leva pour le remonter et nouer le cordon.

— C'est tout ? dit-elle. Tu t'en vas ? Si on ne couche pas ensemble, tu préfères partir que de discuter ?

Il y avait de l'amertume dans sa voix. Et de la colère.

— Là, tout de suite, oui.

Elle s'agenouilla sur le lit, nue, les mains sur les hanches, et il essaya de ne pas regarder son corps, de ne pas rester fasciné par la douceur soyeuse de sa peau et l'infinie volupté de ses courbes dans la lumière diffuse des lampes.

— Tu es vraiment incroyable. Tu me reproches de m'être enfuie, mais regarde-toi ! Qu'est-ce que tu es en train de faire, là ? Tu n'es pas capable d'avoir la moindre conversation sur ce que tu ressens.

Il serra les poings et se tut. Il devait rester calme. Il ne parlait jamais de ce qu'il ressentait, c'était vrai, et il n'en parlait pas parce qu'il n'y avait rien à dire. Les sentiments, il fallait s'en méfier ; ils vous rendaient fragile, vulnérable. Et les mots aussi.

— Je ne vois pas à quoi servirait d'avoir cette conversation maintenant. On ne va pas tout régler avec des mots.

— Ne te fatigue pas, Malik. J'ai compris.

— Mais enfin qu'est-ce que tu attends de moi, Sydney, après un an de séparation ? Une déclaration d'amour ?

— Non ! cria-t-elle très vite — trop vite. Pas du tout !

Mais elle ne savait pas mentir. Toutes ses émotions se lisaient sur son visage. Elle n'avait pas, comme lui, l'habitude de les refouler, de s'abriter derrière une façade d'indifférence. Qu'arriverait-il s'il abattait ce mur entre lui et le monde ?

— Je ne suis pas sûr de pouvoir être celui que tu désires, dit-il.

— Mais comment le sais-tu ? demanda-t-elle avec tristesse. Comment sais-tu ce que tu peux être si tu n'acceptes même pas d'en parler ?

Le lendemain matin, Sydney prenait son petit déjeuner quand Malik annonça qu'ils partaient.

— Mais… nous venons d'arriver. Je croyais que tu avais des affaires à régler.

— J'ai fait ce que je devais faire, dit-il sans se troubler. Nous pouvons rejoindre la ville d'Al Na'ir à présent. Tu seras mieux là-bas.

— Tu as fait ce que tu devais faire, lâcha-t-elle avec raideur. Tu veux dire que tu as réussi à m'attirer dans ton lit ?

C'était idiot, mais elle n'avait pas pu se retenir. Le visage de Malik se durcit.

— Non, Sydney, ce n'est pas ce que je voulais dire.

Il parut sur le point d'ajouter quelque chose, puis se ravisa.

— Je te laisse te préparer.

Et il quitta la tente. De rage, Sydney donna un coup de poing dans un coussin du canapé. Elle ne pouvait s'en prendre qu'à elle-même : elle savait depuis le début ce qui risquait d'arriver si elle cédait de nouveau à Malik.

Elle se sentait encore languide après les heures passées à faire l'amour la veille. Elle ne savait même plus combien de fois ils avaient recommencé. Ç'avait été une journée d'excès et de plaisir si intense qu'elle en aurait presque pleuré. Et ç'avait été aussi l'occasion de se rendre compte que rien n'avait changé pour elle : elle était toujours amoureuse de Malik.

Sydney sentit sa gorge se nouer. Elle n'avait aucune idée de ce qu'il pensait de son côté. Qu'ils aient fait l'amour ne signifiait pas qu'ils étaient de nouveau ensemble, ni même qu'ils pouvaient l'être. Cela ne signifiait pas qu'elle pouvait oublier le divorce. Cela ne signifiait pas qu'il l'aimait.

Elle rassembla ses affaires et les rangea dans sa petite valise. Moins d'une heure plus tard, ils montaient dans la Land Rover et quittaient l'oasis. Sydney essaya de se concentrer sur le paysage de sable. Malgré les vitres teintées, le désert était éclatant. Les dunes les plus lointaines ondulaient dans l'air chaud.

— On en a pour combien de temps ? demanda-t-elle.

— Environ deux heures.

Dans le silence qui suivit, Sydney ne tarda pas à sentir ses paupières s'alourdir. Elle n'avait vraiment pas assez dormi la nuit précédente. Malgré ses efforts pour garder les yeux ouverts, elle finit par s'assoupir.

Elle se réveilla en sursaut et sentit aussitôt que quelque chose avait changé. Elle se redressa dans son siège en clignant les paupières, regarda par la vitre. Ils s'étaient arrêtés… et Malik n'était plus dans la voiture ! Prise de panique, elle ouvrit la portière à la volée et manqua tomber dans le sable.

— Attention, fit la voix de Malik, et Sydney sentit le soulagement l'envahir.

Il ne l'avait pas abandonnée.

— Pourquoi est-ce qu'on s'est arrêtés ? demanda-t-elle en descendant du véhicule.

La Land Rover, garée au bas d'une pente dans l'ombre réduite d'une immense dune, penchait du côté passager. Voilà pourquoi elle avait failli tomber. En levant les yeux, elle constata que le soleil, même s'il était encore assez haut dans le ciel, avait commencé à descendre. C'était donc déjà le début de l'après-midi. Combien de temps s'était écoulé depuis leur départ ? Son cœur se mit à battre plus fort. Malik, son turban de bédouin noué autour de la tête, la fixait de ses yeux sombres. Elle n'aimait pas ce regard…

— On ne s'est pas arrêtés exprès, *habibti*. On est en panne.

12.

Les heures passaient lentement dans le désert. Pour la centième fois, Sydney scruta l'horizon en se demandant ce que faisaient les secours. Malik l'avait déjà rassurée : ils avaient un téléphone satellite et un GPS, ils n'étaient donc ni perdus ni difficiles à localiser. Mais ils étaient seuls au milieu du désert, et il y avait des chances qu'ils le restent un certain temps en raison de la tempête de sable qui s'était déclarée au nord et les coupait de la ville d'Al Na'ir.

Pendant qu'elle dormait, Malik avait trouvé d'où venait la panne, mais il n'avait pas la pièce pour réparer le moteur. Cela avait dû le mettre hors de lui de s'en rendre compte, même s'il paraissait calme, à présent. Et il ne l'avait pas réveillée pour autant…

Assise dans le sable sur un pliant, Sydney dessinait des ronds avec son pied. La chaleur était plus supportable maintenant que le soleil avait baissé dans le ciel, et l'ombre de la dune s'était allongée au-dessus d'eux.

— Tiens, bois, dit Malik en lui tendant une bouteille d'eau qu'il venait d'aller chercher dans la glacière à l'arrière de la voiture.

Sydney en prit une gorgée.

— Est-ce qu'ils vont bientôt arriver ? demanda-t-elle en s'essuyant la bouche du revers de la main.

— Je ne sais pas, dit Malik. Si ça se trouve, personne ne pourra venir avant demain matin…

— Demain matin ?

Elle réprima un frisson. Une nuit entière dans le désert. Dans un 4x4.

— Il n'y a pas de quoi s'inquiéter, dit Malik. Du moment que le vent ne tourne pas vers le sud.

Sydney se rappela la tempête de sable.

— Et si c'est le cas ?

— Ce serait très ennuyeux. Espérons que ça n'arrivera pas.

Quelques minutes s'écoulèrent en silence.

— Malik ?

Il se tourna vers elle. Un vrai guerrier du désert, songea-t-elle. Majestueux, puissant, et aussi à l'aise dans cet environnement impitoyable que dans la plus chic des soirées mondaines.

— Oui ?

— Est-ce que tu as passé beaucoup de temps dans le désert quand tu étais plus jeune ?

Elle crut qu'il n'allait pas répondre, jugeant la question trop personnelle. Mais il finit par opiner lentement de la tête.

— Mon père pensait que ses fils devaient apprendre à connaître et à craindre le désert. Nous sommes venus ici de nombreuses fois, et chacun de nous, à l'âge de quinze ans, a été soumis à une épreuve de survie.

— Une épreuve de survie ?

L'idée la troublait profondément. Il but une gorgée d'eau.

— Oui. Nous restions seuls dans le désert avec un chameau, une boussole et un kit de survie, et nous devions trouver notre chemin jusqu'à un point donné. Aucun de nous n'a jamais échoué.

— Mais si l'un de vous s'était perdu ?

— Ce n'est jamais arrivé. J'imagine que mon père aurait envoyé quelqu'un nous chercher avant qu'il ne soit trop tard.

Sydney avala sa salive. Elle n'arrivait pas à imaginer qu'on puisse faire une chose pareille, envoyer ses propres enfants au-devant du danger. Elle-même avait été éduquée, guidée, protégée — jamais mise à l'épreuve.

— Je ne comprends pas ton monde, murmura-t-elle.

Mais peut-être qu'elle aurait dû être mise à l'épreuve. Peut-être que si on l'avait laissée faire des choix toute seule, et même se tromper, cela lui aurait donné confiance en elle.

— Et moi, je ne comprends pas le tien, dis Malik.

Sydney prit une profonde inspiration. Puisqu'elle lui demandait de se confier à elle, il fallait qu'elle se prête au jeu, elle aussi.

— Alors dis-moi ce que tu veux savoir de moi. Je peux tout te dire, tu sais.

Il réfléchit.

— Je veux savoir pourquoi tu n'as aucune confiance en toi.

— Quoi ? fit-elle, stupéfaite. Qu'est-ce que tu racontes ?

— Allons, dit-il. Tu travailles pour tes parents, tu fais un métier que tu détestes et tu ne te crois pas digne de mieux. Ils t'ont mis ça dans la tête, que tu ne valais pas mieux.

— Je ne déteste pas mon métier, répliqua-t-elle, mais elle avait la gorge sèche et les battements de son cœur résonnaient dans ses oreilles. Et mes parents ne veulent que mon bonheur.

Eux-mêmes avaient très bien réussi, ils en étaient fiers et, naturellement, ils souhaitaient le même succès pour leurs enfants. Ils lui avaient donné tout ce dont elle avait besoin pour réussir : elle avait été dans les meilleures écoles, avait fait du piano et de l'équitation, et avait même suivi des cours de maintien et de culture générale.

— Si, tu détestes ton métier, répéta Malik. Même si tu le fais bien. Tu as envie d'autre chose.

Sydney sentit les larmes lui brûler les yeux.

— Comment sais-tu de quoi j'ai envie ?

— Parce que je t'observe. Je vois bien que ton travail

ne te manque jamais. La seule chose qui t'intéresse, c'est d'embellir le site internet de l'agence.

— Comment sais-tu cela ? dit-elle, le cœur battant à cent à l'heure. Je ne te l'ai jamais dit.

— Parce que j'en sais plus que tu ne crois, Sydney.

Elle le dévisagea, perdue. Puis elle comprit.

— Tu m'as fait surveiller, dit-elle, sidérée. Tu m'as espionnée !

Les yeux de Malik étincelèrent.

— Oui, je t'ai fait surveiller. Mais c'était pour ta sécurité, *habibti*. Tu es ma femme, et ce n'est pas parce que tu as décidé de me quitter que tu ne continues pas d'intéresser certaines personnes.

Sydney n'arrivait pas à y croire. Et en même temps, cela expliquait bien des choses. Elle s'était toujours demandé pourquoi, étant l'épouse d'un play-boy connu dans le monde entier, elle n'avait jamais été harcelée par la presse à scandale. Elle aurait dû s'en douter. Elle sentit la colère enfler en elle.

— Tu m'as fait surveiller, mais tu n'as jamais décroché ton téléphone pour m'appeler.

— Nous en avons déjà parlé, dit-il d'une voix calme. Mes raisons n'ont pas changé depuis la dernière fois.

Sydney croisa les bras.

— Tu t'es assuré que personne ne viendrait m'importuner. Aucun paparazzi, je veux dire.

— Oui.

— Mais comment ?

— L'argent a un fort pouvoir de conviction, Sydney. Ne sous-estime jamais le pouvoir.

Elle baissa les yeux vers le sable où son pied, nerveusement, continuait à tracer des huit. L'émotion lui serrait la gorge, mais elle ne devait pas se faire d'illusion. Malik l'avait protégée dans son intérêt à lui, pas dans le sien.

— Bon, dit-elle. D'accord. Peut-être que je n'adore pas mon métier. Mais qu'est-ce qui te fait croire que je n'ai pas confiance en moi ? J'ai régulièrement affaire à des clients aussi aisés que toi, et j'ai de très nombreuses ventes à mon actif. Cela demande beaucoup d'assurance, tu sais.

— Parle-moi de ta famille.

— Pourquoi ? dit-elle avec méfiance. Où est le rapport ?

— S'il te plaît…

Elle prit une inspiration, le cœur plein d'angoisse.

— Qu'y a-t-il à dire que tu ne saches pas déjà ? Mes parents mettent toute leur énergie dans leur agence immobilière, c'est le grand projet de leur vie et ils en ont fait l'une des agences les plus florissantes et réputées de Los Angeles. Un jour, ma sœur prendra la main, et comme elle est incroyablement intelligente je suis sûre qu'elle en fera quelque chose d'encore mieux que ce que c'est maintenant.

— Et toi ?

Elle hésita une seconde.

— Je l'aiderai.

— Tu l'aideras. Et pourquoi ce ne serait pas toi qui reprendrais l'agence ? Ou pourquoi tu ne serais pas au moins son associée ?

Sydney renversa la tête en arrière. Elle commençait à trouver ses questions un peu trop insistantes.

— Je serai son associée, c'est ce que je voulais dire.

— Mais pas ce que tu as dit.

— Et je peux savoir ce que ça change ? demanda-t-elle, aussi hautaine que possible.

— C'est simple : tu n'arrives pas à t'imaginer à un poste important. Tu penses que ta sœur est une meilleure femme d'affaires que toi…

— Mais c'est le cas ! Je n'ai pas honte de l'avouer…

— Un jour, tu m'as dit que tu voulais étudier l'art et le graphisme.

— Je t'ai dit ça, moi ?

— A Paris, peu de temps après notre mariage. Nous dînions dans ce petit café au bord de la Seine, et tu m'as confié que tu avais toujours aimé dessiner et que tu te verrais bien travailler comme graphiste dans la publicité, créer des logos, des visuels…

Elle s'en souvenait, à présent. Comme elle lui paraissait loin, cette soirée où, ivre d'amour et de vin, elle avait cherché à l'impressionner… C'était l'époque où elle croyait encore à sa félicité, à son rêve d'une vie parfaite aux côtés de son prince charmant…

— Oui, dit-elle. Eh bien, je le ferai peut-être un jour. C'est un métier très correct, le graphisme. On peut bien gagner sa vie…

Il eut un sourire moqueur.

— Les mots de ton père. Ton père qui cherche à contraindre ta nature profonde dans une forme qu'il puisse comprendre et approuver. Mais ce qui compte pour lui n'est pas ce qui compte pour toi. Tu n'as même pas vraiment envie d'être graphiste.

— Tu délires, Malik, dit-elle en essuyant ses paumes moites sur son *abaya*.

Il s'avança vers elle et la prit par les épaules, le visage tout près du sien.

— Je suis allé chez toi, Sydney. J'ai vu les tableaux sur les murs qui portent ta signature. Et je t'ai observée au Louvre, au Jeu de Paume, à l'Orangerie. Tu aimes l'art — sa beauté, sa magie — et c'est ça que tu veux dans ta vie : peindre, ou alors ouvrir une galerie où tu exposerais des œuvres que tu aimes…

— Non ! cria-t-elle en le repoussant. Tu te trompes !

— Tu es sûre ?

Elle le fixa sans répondre, bouleversée par la vérité qu'il venait de mettre à nu. Mais c'était de la folie. On ne faisait pas de l'art un métier, à moins d'avoir du génie, ce qui n'était pas son cas. Elle n'était personne. Comment pouvait-elle oser peindre, ou prétendre connaître assez bien la peinture pour ouvrir une galerie ? Ses parents seraient consternés. Sydney la fantasque, Sydney la décevante avait encore décidé de n'en faire qu'à sa tête…

Elle se prit le visage dans les mains et respira profondément. Elle n'allait pas pleurer, ce serait ridicule. Quelle raison avait-elle de pleurer ? Beaucoup de gens faisaient un métier qu'ils n'aimaient pas pour pouvoir se consacrer à leur passion pendant leur temps libre. Et pourtant, même cela, elle se l'était refusé : depuis qu'elle avait commencé à travailler, elle ne peignait plus du tout. Et pourquoi ? Sans doute parce qu'elle avait senti que si elle laissait une place à l'art dans sa vie, cela risquait de devenir une obsession. Et ce n'était pas possible. Sa famille avait besoin d'elle. Ses parents, Alicia. Ils comptaient sur elle.

Mais si c'était vrai, et si elle se sentait une telle responsabilité vis-à-vis d'eux, pourquoi les avait-elle quittés si facilement quand Malik le lui avait demandé, la première fois ?

— Sydney…

La voix de Malik était douce, comme ses mains qui glissèrent vers les siennes et les écartèrent de son visage.

— Ça fait des années que je n'ai pas touché un pinceau, Malik. Je ne suis plus bonne à rien.

— Mais qu'est-ce que ça peut faire, du moment que tu y prends du plaisir ?

Elle leva les yeux vers le ciel qui s'assombrissait. Le soleil s'était couché sans qu'elle s'en aperçoive. Etonnamment vite.

— Oui, c'est vrai que je n'ai pas grand-chose à perdre… tant que je ne quitte pas mon emploi, ajouta-t-elle en essayant de sourire.

— Et pourtant, tu ne fais pas ce qui te plaît. Tu ne vas pas au bout de tes envies, par peur de décevoir tes parents. Mais c'est ta vie, Sydney, pas la leur. Il faut que tu arrêtes de te soucier de ce qu'ils pensent.

— Ce n'est pas si simple, Malik. Je ne peux pas changer de métier comme ça, j'ai des responsabilités.

— Tu as aussi une responsabilité envers toi-même.

— Parce que toi, tu fais toujours passer tes propres désirs avant tes responsabilités ?

— Ce n'est pas ce que j'ai dit. Tu mélanges tout.

Il but quelques gorgées d'eau et, en le regardant, Sydney sentit une nouvelle vague de chaleur l'envahir. Tous ses gestes étaient d'une sensualité si fascinante qu'avec lui, elle avait l'impression d'être une droguée du sexe toujours en quête de sa prochaine dose. Cela la contrariait, surtout en ce moment. Malik reposa sa bouteille, et soudain il se raidit, comme pris de panique.

— Quoi ? cria Sydney en se levant d'un bond et en agrippant son bras. Qu'est-ce qu'il se passe ?

Elle suivit son regard. A l'horizon, le ciel avait pris une teinte violette, et cette zone plus sombre semblait s'étendre rapidement vers le haut. Ce n'était pas normal. Sydney sentit son ventre se liquéfier.

— Ce n'est pas une tempête de sable, n'est-ce pas ?

— Si, dit Malik en se retournant et en la poussant vers la Land Rover. Mets-toi à l'abri, Sydney. Remonte les vitres et ferme les aérations.

Elle s'exécuta, le cœur tambourinant. Malik la rejoignit à l'intérieur et vérifia que tout était hermétiquement fermé. Puis il se tourna vers l'horizon, où l'obscurité grandissait à vive allure. Elle aurait bientôt englouti tout le ciel, et eux avec.

— Est-ce qu'on va mourir ? balbutia Sydney.

Malik se retourna avec un mouvement brusque et la regarda, les traits tendus, puis il prit son visage entre ses mains et l'embrassa sur les lèvres.

— Non, Sydney, on ne va pas mourir. Je te le promets.

13.

— Comment peux-tu me le promettre ? cria Sydney.

Le vent soufflait de plus en plus fort au-dehors. Les yeux de Malik brillèrent dans l'obscurité. Il paraissait nerveux.

— Parce que ce n'est pas ma première tempête de sable. Ça va aller, c'est juste un mauvais moment à passer.

Elle n'était pas sûre de pouvoir le croire, même si elle espérait de tout son cœur qu'il disait vrai. Des grains de sable commençaient à fouetter les vitres et la carrosserie. La tempête arrivait.

En quinze minutes, ils ne voyaient plus à un mètre devant eux tant l'air était chargé. Sydney sentit une goutte de sueur couler entre ses seins. Il faisait une chaleur étouffante dans le 4x4, mais elle savait qu'avec la nuit, heureusement, la température allait baisser.

— Dis-moi ce qu'il peut nous arriver de pire.

Il la regarda sans répondre.

— J'ai besoin de savoir, Malik.

— Nous pourrions être enfouis sous le sable. La dune est toute proche. Si le vent souffle dans la mauvaise direction, elle pourrait se déplacer vers nous et nous recouvrir.

— Et si c'est le cas ? demanda Sydney, le cœur battant. Qu'est-ce qu'on fait ?

— On essaye de creuser.

— Et si on manque d'oxygène ?

— Il y en a quelques bouteilles dans le coffre. Celles qu'on utilise normalement contre le mal des montagnes.

— Donc nous pourrions survivre un certain temps.

— Oui.

Sydney frissonna. Elle espérait vraiment qu'ils n'en arriveraient pas là. Mais elle avait l'estomac retourné par la peur et ne pouvait empêcher son cœur de tonner dans sa poitrine. Le vent mugissait et le sable était partout autour d'eux. Folle d'angoisse, elle commença à se mordre le poing.

— Tu sais, dit soudain Malik, ce que je te disais tout à l'heure… Que tu négliges ton propre bonheur au profit de celui des autres… Je le pense vraiment, et je trouve ça dommage que tu n'écoutes pas plus tes propres désirs…

Elle se demanda ce qui le poussait à reprendre cette conversation. Il avait la tête appuyée contre le dossier de son siège, une main posée sur le volant. Un vent de plus en plus violent secouait la voiture, mais il ne semblait pas y prêter attention, ce qui la rassurait un peu, même si elle continuait à sursauter à chaque nouvelle rafale. Peut-être cherchait-il juste à la distraire de la tempête.

— Mais c'est aussi quelque chose qui me touche chez toi, reprit-il, ce souci des autres… Et c'est vrai que j'ai peut-être le réflexe inverse, qui consiste à toujours privilégier mon propre confort…

Sydney sentit son cœur se serrer. Jamais il ne s'était ouvert à elle de cette manière.

— Et ça m'amène à faire souffrir les autres. J'ai fait du mal à Dimah, je l'ai peut-être conduite au suicide, et je m'en veux tellement…

— Oh ! Malik…

— Et je t'ai fait du mal à toi aussi.

Elle baissa les yeux.

— Oui.

Il lui caressa la joue, ses doigts laissant dans leur sillage une traînée brûlante.

— Ce n'était pas volontaire. Si tu savais comme je le regrette…

— C'était inévitable.

Il se figea.

— Pourquoi dis-tu cela ?

Pouvait-elle lui avouer la vérité ? Le vent hurlait autour d'eux, chahutant le 4x4, dévorant ce qu'il restait de lumière, l'emplissant de terreur. Et elle songea : *Pourquoi pas ? Qu'ai-je donc à perdre ? Nous pourrions mourir ce soir.* Elle releva le menton, regarda Malik droit dans les yeux. Elle n'allait pas mourir sans avoir dit ce qu'elle avait sur le cœur. Elle n'allait pas lui dissimuler ses véritables sentiments. Pas maintenant.

— Parce que je t'aimais, Malik, et que toi tu ne m'aimais pas.

Voilà, elle l'avait dit. Même si ses mots n'étaient peut-être pas bien choisis, elle lui avait dit ce qu'elle ressentait, et c'était presque un soulagement. Et en même temps, c'était terrifiant. Qu'allait-il répondre ?

Il la regardait avec plus de tendresse que jamais.

— Je tenais beaucoup à toi, Sydney. Je tiens toujours à toi.

Elle sentit un bourgeon de douleur éclore en elle. Ils allaient peut-être mourir ce soir, quoi qu'il en dise, et c'était tout ce qu'il ressentait. Il *tenait à elle*.

C'était mieux que rien, reconnut-elle. C'était plus qu'il n'en avait jamais dit jusque-là. Mais cela lui laissait un sentiment de vide et de tristesse.

— Ça ne suffit pas.

— C'est tout ce que je peux t'offrir. Je… J'ai du mal avec les sentiments.

Elle porta la main à sa poitrine pour tenter de contenir sa douleur.

— J'ai envie de plus. J'ai *besoin* de plus. Et c'est justement parce que tu ne peux pas — parce que tu ne *pouvais* pas — me donner ce dont j'avais besoin que j'aurais souffert de toute façon, que tu le veuilles ou non.

— Je t'ai donné tout ce que j'avais, dit-il. Tout ce dont j'étais capable.

— Ah oui ? dit-elle avec un rire amer. Je crois que tu te cherches des excuses, Malik. Je crois que tu as passé ta vie entière à t'interdire de ressentir quoi que ce soit. Que tu as peur d'aimer depuis l'enfance, parce que tu as peur d'être abandonné.

Il avait l'air furieux tout à coup, et apeuré, presque hagard. Etrangement, cela ne fit qu'aiguillonner Sydney.

— Regarde ton frère, pourtant. Il n'a pas de problème avec ses sentiments, lui ! Regarde comme il est avec sa femme...

Elle se tut, le cœur agité par des émotions contradictoires, les yeux remplis de larmes de colère et de frustration. Oui, elle aurait donné n'importe quoi pour que Malik l'aime comme le roi Adan aimait son épouse. Elle le méritait. Tout le monde méritait d'être aimé comme cela.

— Je ne suis pas mon frère, dit-il d'une voix sourde.

— Tu crois que je ne m'en suis pas rendu compte ? cria-t-elle.

Elle reprit son souffle. Elle tremblait.

— Je sais que tu as des émotions, Malik, et je crois que tu les nies par peur, et aussi par culpabilité, parce que tu cherches à te punir de la mort de Dimah.

— Tu n'en sais rien du tout. Tu es persuadée de voir clair en moi, mais tout est dans ta tête.

— Alors pourquoi tu ne me dis pas ce qu'il en est vraiment ? s'écria-t-elle. Dis-le-moi, que je sache enfin pourquoi je ne suis pas assez bien pour toi !

Les mots flottèrent dans le silence. Ils ne parlèrent ni l'un ni l'autre pendant de longues secondes. Puis Malik poussa un juron et, attirant Sydney contre lui, la prit sur ses genoux. Elle essaya de se dégager, se débattit, mais il la tenait fermement. Des émotions brûlantes — de la honte, de la colère et une douleur extraordinaire — secouaient son corps. Il lui en avait coûté de prononcer ces mots. Et si elle parlait de nouveau, ne serait-ce que pour demander à Malik de la lâcher, elle avait peur d'éclater en sanglots.

Tout se déchaînait, autour d'elle et en elle. La tempête. Ses sentiments. Elle était épuisée, frustrée, furieuse et perdue. Elle aurait voulu que les choses soient plus simples. Elle voulait aimer un homme et être aimée en retour. Rien de plus. A bout de forces, elle renonça à lutter et se laissa aller contre son torse. Des larmes de rage roulèrent sur ses joues. Malik en recueillit une sur le bout de son doigt.

— Tu n'as jamais pensé, chuchota-t-il à son oreille tandis qu'elle pleurait en silence, que c'est peut-être moi qui n'étais pas assez bien pour toi ?

Avant qu'elle puisse répondre, il lui prit le menton et l'embrassa. Sydney sentit la tête lui tourner. Elle ne voulait pas se laisser attendrir, elle ne comptait pas lui rendre son baiser, mais elle le fit. Elle ne put s'en empêcher. Et s'ils mouraient ce soir ? S'ils se retrouvaient piégés sous le sable ?

— Tu es digne d'un roi, Sydney, murmura-t-il. N'en doute jamais.

Et il continua à l'embrasser avec une ardeur de plus en plus passionnée. Sydney sentit son corps se réchauffer et s'alanguir, son sexe palpitant se mouiller de désir. Et elle sentit Malik réagir lui aussi, son membre durcir sous sa cuisse. Elle aimait tant ce moment où l'impatience grandissait, chez lui, chez elle, dans les soupirs et les gémissements. Ils avaient tellement faim l'un de l'autre. Il s'arracha à ses lèvres.

— Tu as envie de moi, Sydney ?

Il y avait dans sa question à la fois un désir infini et une angoisse, une hésitation qui l'émurent profondément. Elle ne l'avait jamais vu comme ça.

— Oui, répondit-elle. Oh oui !

Il la déshabilla, ne lui laissant que sa minuscule culotte en dentelle et son soutien-gorge, puis il enfouit le visage entre ses seins, inhalant son parfum.

— Et toi, chuchota-t-elle en souriant, tu n'as pas chaud, avec tous tes vêtements ?

— Si, affreusement.

Il réussit à se débarrasser de sa *dishdasha*, révélant son torse magnifique. Il y avait tant de désir, tant de sensualité dans son regard que Sydney se sentait prête à partir en fumée. Quand il eut dénudé ses seins pour les couvrir de caresses et de baisers brûlants, il glissa un doigt entre ses jambes, effleurant son sexe humide. Puis il agrippa des deux mains le tissu de sa culotte et le déchira d'un coup sec.

— Malik !

Les battements de son cœur redoublèrent. Elle vit ses yeux luire dans l'obscurité.

— Je ne veux pas attendre…

Elle non plus ne voulait pas. Il se libéra de son pantalon et elle s'installa à califourchon sur lui, s'empalant avec délice sur son sexe dressé. Il l'emplissait tout entière.

— Il n'y a rien que je préfère, dit Malik, le souffle court. Rien de mieux que d'être avec toi.

Puis il lui prit les hanches et commença à se mouvoir en elle tandis que, glissant les mains dans ses épais cheveux noirs, elle l'embrassait avec passion. Le plaisir monta vite, par vagues, jusqu'à atteindre une telle intensité qu'elle enfouit la tête au creux du cou de Malik et s'abandonna en criant à la ruée des sensations. Quand elle reprit ses esprits, il lui caressait doucement le dos.

— C'est cela, le bonheur, dit-il. Etre avec toi, comme ça.

En d'autres circonstances, une telle déclaration l'aurait sans doute comblée, mais l'angoisse, qui déjà refaisait surface, la rendait plus exigeante. Malik était forcément conscient du danger que représentait cette tempête, du fait qu'ils passaient peut-être leurs dernières heures ensemble. Si même cela ne pouvait le convaincre de prononcer les mots qu'elle avait besoin d'entendre…

— Oh ! Malik… Tu n'as donc toujours pas compris ?

Pour toute réponse, il lui donna un baiser ardent et entra de nouveau en elle, ravivant aussitôt les sensations qui l'avaient fait hurler un instant plus tôt. De nouveau elle ne pouvait plus, ne voulait plus penser. Alors qu'elle sentait venir l'orgasme, il glissa une main entre eux pour la caresser, et elle jouit en quelques secondes, un cri jaillissant de sa gorge. Un cri qui ressemblait singulièrement aux mots « Je t'aime ! ».

Malik l'attira contre lui pour l'embrasser avec fougue et jouit à son tour, s'épanchant en elle avec de puissants coups de reins. Puis son ardeur se calma et son baiser se fit plus doux, plus tendre. Sydney sentait les battements de son cœur résonner dans ses oreilles. Elle savait ce qu'elle avait dit, ce qu'elle avait été incapable de garder pour elle ; elle se sentait mise à nu et chaque seconde qui s'écoulait à présent accentuait son tourment. Malik lui caressa la joue, écartant de son visage ses cheveux humides.

— C'était incroyable, dit-il. Merci.

— C'est tout ? demanda-t-elle, la gorge serrée.

Il se rembrunit.

— Qu'est-ce que tu veux que je te dise, *habibti* ?

Elle crut sentir son cœur se briser en mille morceaux. Ils étaient pris dans une tempête épouvantable, dont ils n'allaient peut-être pas sortir vivants, et Malik n'éprouvait rien de plus qu'une intense satisfaction sexuelle.

— Tu as entendu ce que je t'ai dit, moi ?

Elle le vit déglutir avec peine.

— Oui, j'ai entendu. Et ça me fait plaisir.

Il caressa le dessous de son sein.

— Mais ce ne sont que des mots, reprit-il. Les actes ont beaucoup plus de sens, tu ne crois pas ?

Sydney se recula.

— Les mots ont de l'importance aussi, Malik. Parfois, ils sont nécessaires.

— Mais n'importe qui peut les prononcer, ces mots. Ils ne veulent rien dire…

— Ils veulent dire quelque chose pour moi.

Il ferma les yeux.

— Sydney. Je t'en prie, pas maintenant.

Elle s'écarta de lui, ramassa ses vêtements à la hâte.

— Quand, alors ? Quand ? Et si on ne passait pas la nuit ? Remarque, ça t'arrangerait : on n'aurait plus à parler !

Son regard se durcit.

— N'en fais pas tout un drame…

— Un drame ? Je te dis que je t'aime et c'est un drame ?

Les larmes lui brûlaient les yeux. Malik remonta son pantalon et serra le cordon d'un geste agacé.

— Tu veux que je te dise que je t'aime, Sydney ? C'est ça ?

Ses yeux avaient pris un éclat rageur et il haletait presque. Il lui prit le menton pour la forcer à le regarder.

— Je t'aime, grogna-t-il. Tu es contente ?

Elle repoussa sa main et se recroquevilla contre la portière. Le sable continuait à cingler le 4x4.

— Non, dit-elle, le visage tourné vers la vitre. Parce que tu ne le penses pas.

Il eut un rire sans joie.

— Et tu me dis que les mots ont de l'importance…

La tempête fit rage pendant de longues heures et, peu à peu, la température chuta, si bien qu'il ne faisait plus si chaud dans la Land Rover. Une veilleuse brillait dans l'obscurité. Sydney glissa un regard vers Malik, qui semblait dormir. Il était encore torse nu. Quand elle changea de position sur son siège, il sursauta et ouvrit les yeux. Il la regarda, puis se tourna vers la vitre. Il ne restait rien, dans son attitude, de la tendresse qu'il lui avait témoignée quelques heures plus tôt.

— Le vent est en train de tomber, dit-il d'une voix ensommeillée. Nous allons bientôt pouvoir rouvrir les fenêtres.

— Tant mieux, lâcha-t-elle.

— Ça va ?

— Oui, ça va.

Il poussa un soupir.

— Je suis désolé. Je ne voulais pas te faire de peine.

Sydney haussa les épaules.

— Aucune importance, Malik.

Il se tut, et elle sentit le feu lui monter aux joues. Naïvement, bêtement, elle lui avait avoué ses sentiments, et il les lui avait jetés à la figure. Cela lui faisait bien plus de peine qu'elle ne voudrait jamais l'admettre. Elle se retourna vers la vitre et s'appuya contre la portière pour essayer de dormir. Elle n'avait pas la sensation que beaucoup de temps s'était écoulé quand Malik prononça son nom.

— Oui ? fit-elle dans un bâillement.

Elle le regarda en clignant les yeux. Peut-être avait-elle dormi, en fin de compte.

— La tempête est passée. Il faut que j'essaye ta portière.

— Ma portière ?

— La mienne refuse de s'ouvrir. Elle est bloquée par le sable.

Son angoisse remonta en flèche. Et s'ils étaient coincés ?

— Attends, je vais le faire, dit-elle. C'est plus simple.

Il fallait qu'elle s'active pour ne pas céder à la panique. Il hésita une seconde, puis opina du chef.

— Tu dois faire attention. Commence par baisser ta vitre très lentement, un tout petit peu.

Il tourna la clé dans le contact, et elle pressa le bouton. Par chance, la voiture avait encore assez de batterie pour qu'il fonctionne. Du sable se mit aussitôt à couler à l'intérieur et Sydney se hâta de remonter la vitre.

— Non, rouvre-la. Si la quantité de sable diminue, c'est bon signe.

— Et sinon ?

— Sinon, c'est que nous avons un problème.

Sydney préférait ne pas y penser. Elle colla le visage contre la vitre, les mains en visière.

— Mais il ne peut pas y avoir de sable de ce côté-ci, puisqu'on voit les étoiles…

— Il y en a sur le toit, mais je ne sais pas quelle quantité. C'est de là qu'il a coulé quand tu as ouvert la vitre. On est au bas de la dune, en fait. Si elle est instable, elle pourrait s'effondrer sur nous.

Sydney prit une profonde inspiration et rouvrit la vitre. Le sable se remit à couler, mais à son grand soulagement le flot s'amenuisa très vite et finit par se tarir. Elle s'aperçut que ses genoux tremblaient.

— Maintenant, baisse-la encore un peu et passe le bras dehors pour voir si tu sens du sable, dit Malik. Doucement.

Elle s'exécuta, essaya de toucher le sol du bout des doigts.

— Je ne sens rien.

Malik parut rassuré.

— Tant mieux. Je vais quand même vérifier. J'ai le bras plus long que toi.

Il se pencha vers sa vitre, collant presque son torse nu contre son visage. Sydney ferma les yeux et se retint de respirer. Une seconde plus tard, il ouvrait la portière. Le soulagement l'envahit.

— Est-ce que tu peux descendre avec beaucoup de précaution et me dire ce que tu vois ?

Sydney se glissa hors du 4x4 et manqua trébucher dans le sable, beaucoup plus haut que la veille. Elle frissonna dans l'air nocturne. Le ciel était dégagé, éclairé d'un milliard d'étoiles. Mais la voiture…

— La voiture est aux trois quarts enfouie sous le sable, dit-elle.

Malik la rejoignit et considéra le tableau un long moment. La Land Rover rappelait à Sydney les sculptures inachevées de Michel-Ange, ces figures encore prises dans la roche, qui semblent vouloir s'en libérer. Seul le côté passager ressortait, le reste disparaissait sous des tonnes de sable.

— Nous avons eu de la chance, *habibti*.

Sydney croisa les bras sur sa poitrine pour se tenir chaud.

— Nous aurions pu mourir, n'est-ce pas ? Si la tempête avait duré un peu plus longtemps…

Il se retourna vers elle, une lueur farouche dans le regard.

— Ce n'est pas le cas. Et nous allons bien.

Brusquement, Sydney sentit les larmes lui monter aux yeux.

— Mais ça ne te bouleverse pas plus que ça ? Tu ne ressens donc jamais rien ?

— Si, dit-il après un silence. Je ressens du regret.

Elle sentit son sang se figer dans ses veines.

— Du regret ?

— Oui. Je n'aurais jamais dû te faire venir à Jahfar.

Elle aurait dû se réjouir qu'il reconnaisse au moins cela, mais, étrangement, cela la contrariait.

— Mais il le fallait… Nous devons passer ces quarante jours ensemble si nous voulons pouvoir… divorcer.

Il secoua la tête, les mâchoires serrées. Ses yeux brillaient.

— Tu peux rentrer chez toi.

— Mais les quarante jours…

— Un mensonge.

Sydney le regardait comme s'il venait de lui pousser une deuxième tête.

— Un mensonge ? répéta-t-elle.

— Une exagération. La loi existe, mais Adan l'a fait amender récemment. Elle date d'une époque très ancienne ; c'est une reine, dont la sœur avait été répudiée deux jours après son mariage, qui en est à l'origine. Je crois que l'incident avait causé une guerre…

— Pourquoi ? demanda Sydney.

Elle tremblait, mais il n'aurait su dire si c'était de froid ou de colère.

— Pourquoi as-tu fait ça ?

— Je ne sais pas, dit-il avec un geste de frustration.

Parce que je le devais. Parce que tu m'avais quitté et que j'étais en colère.

— Tu m'as menti pour te venger ?

Non, ce n'était pas du tout pour se venger. Mais même avec d'immenses efforts, il n'arrivait pas à lui dire la vérité. Qu'il avait besoin qu'elle revienne. Qu'il avait besoin d'elle. Parce que c'était dangereux d'avoir besoin des gens. Cela leur donnait du pouvoir sur vous et ils pouvaient vous faire mal. Vous poignarder au cœur.

— Non, dit-il.

Il alla chercher le téléphone dans la Land Rover. A présent que le temps s'était éclairci, il devait fonctionner.

— Je ne te comprends pas, Malik.

Il se retourna vers elle.

— Tu ne me comprends pas et je ne te comprends pas, en effet. Mais je crois que nous le savions déjà.

Elle le fusilla du regard.

— J'ai dû réorganiser toute ma vie pour te suivre à Jahfar.

— Tu es ma femme, Sydney. Tu as accepté de me suivre quand tu m'as épousé.

Il savait, au fond de lui, qu'il était de mauvaise foi et qu'il lui devait des excuses. Mais les mots ne sortaient pas. La vérité, c'était qu'il n'avait pas prévu de mentir. Il était allé à Los Angeles parce qu'il avait appris qu'elle devait voir un avocat et qu'il ne pouvait supporter l'idée d'un divorce. La suite, il l'avait improvisée.

— Oui, s'écria Sydney, mais c'était avant que je t'entende parler de moi comme d'une erreur ! Avant que je sache que tu regrettais de m'avoir épousée !

Malik lança un grognement exaspéré.

— Je t'ai déjà expliqué ce qu'il en était. Je ne vais pas recommencer.

Sydney avala sa salive, et il vit qu'elle se retenait de pleurer.

— Tu m'as fait venir ici pour rien. Et pire, tu m'as fait…

Elle pressa la main contre la bouche et se détourna. Il ne supportait pas de la voir si mal, surtout par sa faute. Il la força à se retourner pour la serrer dans ses bras. Elle lui envoya un grand coup de poing dans la poitrine, mais il ne la lâcha pas. Quand elle le frappa de nouveau, il se contenta de la serrer plus fort. Il n'y avait pas d'agressivité réelle dans ses coups, juste de la douleur et de la colère, et il méritait de les encaisser.

— Tu aurais pu m'accorder ce divorce et me laisser tranquille, Malik, reprit-elle dans un sanglot. Ça m'aurait permis de passer à autre chose, mais il a fallu que tu reviennes me chercher. J'avais presque réussi à t'oublier. J'étais presque libre…

Il lui caressa les cheveux, la serra contre son cœur.

— Je vais te rendre ta liberté, dit-il. Si c'est toujours ce que tu désires.

Quelque part au fond de son cœur, il espérait qu'elle dirait non, mais il ne lui avait donné aucune raison de rester. Même en cet instant décisif, il n'arrivait pas à trouver les mots.

— Oui, murmura-t-elle. Oui, c'est ce que je désire.

14.

A côté du désert de Jahfar, Los Angeles était un tour-
billon de couleurs, de lumières et de sons. Sydney rêvait
du Maktal parfois, de son sable ambré, de son ciel bleu
saphir et de son soleil aveuglant. Mais surtout, elle rêvait
d'un homme…

Ce soir, debout dans sa cuisine après une longue
journée de travail, elle mangeait un plat préparé à même
la barquette en essayant de ne pas penser à Malik. Cela
ne fonctionnait pas. Elle finit par poser la barquette et se
prit la tête entre les mains. Pourquoi, après tout le mal
qu'il lui avait fait, continuait-il à l'obséder ? Cela faisait
un mois qu'elle avait quitté Jahfar. Il lui avait téléphoné
une fois, ensuite, mais la conversation, embarrassée, avait
tourné court au bout de quelques minutes. En raccrochant,
elle savait qu'il ne l'appellerait plus.

Elle fixa son mobile posé près d'elle sur le plan de
travail, hésita à l'appeler elle-même. Il lui manquait. Son
sourire, son sérieux, la manière dont il la tenait dans ses
bras, dont il la caressait quand ils faisaient l'amour — tout
cela lui manquait. La manière dont il la regardait quand
il lui disait que c'était cela, le bonheur : être avec elle.

Elle poussa un soupir. Elle se sentait tendue, comme
si toutes les émotions qu'elle avait ravalées continuaient
à enfler en elle, de plus en plus difficiles à contenir.
Mais elle devait les refouler, n'est-ce pas ? Car si elle se

laissait aller à la douleur, il était bien possible qu'elle ne s'en relève pas.

Il allait lui falloir du temps pour aller mieux. Beaucoup de temps.

Elle songea avec mélancolie au petit matériel de peinture qu'elle avait acheté le week-end passé. Trop gênée pour demander de l'aide à un vendeur, elle avait opté pour un coffret qui contenait, d'après l'emballage, tout ce dont elle avait besoin pour débuter. Elle ne l'avait toujours pas ouvert. Il était rangé dans sa chambre d'amis, caché sous le lit comme un secret honteux.

Ce soir, ce soir elle l'ouvrirait. Elle n'était pas sûre de savoir encore peindre un arbre ou une fleur, mais, au moins, elle essaierait. L'art et le travail pouvaient coexister. Malik avait raison sur ce point : elle devait se faire plaisir. Elle devait penser d'abord à elle de temps en temps.

C'était ce qu'elle avait fait en quittant Jahfar, même si aucune décision ne lui avait jamais demandé autant d'efforts.

Dès que les secours étaient arrivés auprès d'eux dans le désert, Malik l'avait fait monter dans l'une des quatre voitures et avait demandé au chauffeur de la conduire chez lui à Al Na'ir. Elle revoyait encore son regard quand elle était montée dans cette voiture qui l'emmenait loin de lui. Il lui avait paru résigné.

Elle ne l'avait pas revu depuis. A Al Na'ir, elle avait tout juste eu le temps de prendre un bain et de changer de vêtements avant de s'envoler pour Port Jahfar, où l'attendait le jet privé de Malik. De là, elle était aussitôt repartie pour Los Angeles.

Elle sursauta en entendant sonner. *Malik*. Etait-ce possible ? Etait-il venu la chercher, cette fois ? Elle se recoiffa à la hâte, lissa sa jupe et se précipita vers la porte, le cœur battant la chamade.

Mais quand elle regarda par le judas, ce ne fut pas Malik qu'elle découvrit, mais Alicia. Elle défit les verrous, incapable de réprimer une immense déception. Elle n'avait pas vraiment envie de parler à qui que ce soit, et surtout pas à quelqu'un dont la vie sentimentale était au beau fixe. Mais elle ne pouvait pas faire semblant d'être absente alors que sa sœur attendait dehors.

— Dieu merci, tu es là, souffla Alicia quand elle lui ouvrit la porte.

Sydney la regarda avec stupéfaction. Sa sœur était dans un état terrible. Son mascara avait coulé, elle était décoiffée et tremblait de tous ses membres.

— Bon sang, ma chérie, qu'est-ce qui t'est arrivé ?

— J'ai juste besoin d'entrer quelques minutes, dit Alicia, les larmes aux yeux. Je peux ?

— Bien sûr !

Elle s'écarta vivement de la porte pour la laisser passer, et Alicia alla s'asseoir sur le canapé. Puis elle se plia en deux et éclata en sanglots. Folle d'inquiétude, Sydney se rua auprès d'elle et la serra dans ses bras.

— Qu'est-ce qui se passe, Alicia ? Est-ce qu'il est arrivé quelque chose à Jeffrey ?

Cela n'eut d'autre effet que de la faire pleurer plus fort. Quand elle releva finalement la tête, Sydney remarqua pour la première fois une marque rouge sous son œil, comme si elle avait pris un coup. La panique l'envahit.

— Ma chérie, tu as été agressée ? Tu veux que j'appelle la police ? Où est Jeffrey ?

Tais-toi, lui ordonna une petite voix au fond d'elle-même. *Elle a besoin que tu gardes ton calme.*

Cela la choquait presque de penser qu'Alicia avait besoin d'elle, mais c'était la vérité. Elle réussit à se taire et la serra plus fort dans ses bras.

— Raconte-moi quand tu seras prête, d'accord ?

— C'est Jeffrey, murmura Alicia d'une voix tremblante quand elle eut repris son souffle. Il m'a frappée.

Sydney eut un coup au cœur.

— Il t'a frappée ? Mais il t'aime tant !

Les traits d'Alicia se tordirent.

— Non, Syd, il ne m'aime pas. Il n'aime que lui-même.

Elle se leva et commença à arpenter le salon en déchirant nerveusement le mouchoir qu'elle avait sorti de son sac. Sydney avait du mal à tout assimiler — l'œil blessé d'Alicia, les choses terribles qu'elle disait —, mais une chose était sûre.

— Il faut appeler la police, dit-elle d'un ton ferme.

Parce qu'il était hors de question que ce salaud s'en tire comme ça.

— Je ne peux pas, dit Alicia en ouvrant de grands yeux, l'air brusquement inquiète.

Ses lèvres s'étaient remises à trembler.

— Je ne peux pas. Tout le monde va me prendre pour une idiote. Papa et maman seront tellement déçus…

Sydney se leva et lui passa le bras autour des épaules.

— Non, Alicia, personne ne va te prendre pour une idiote. Tout le monde sait combien tu es intelligente.

Alicia eut un rire étrange, presque hystérique.

— Les femmes intelligentes ne restent pas avec les hommes qui les battent.

Sydney sentit son sang se glacer dans ses veines.

— Ce n'était pas la première fois ?

Alicia secoua la tête.

— Non.

— Assieds-toi et raconte-moi tout.

Elle ramena Alicia vers le canapé et alla lui chercher un verre d'eau fraîche. Elles passèrent plus d'une heure à discuter. Sydney s'efforça de convaincre sa sœur qu'elle n'était pas stupide, que les hommes comme Jeffrey étaient des manipulateurs qui agissaient de manière insidieuse, perverse, jusqu'à contrôler entièrement leur partenaire. En fin de compte, Alicia accepta de se rendre au poste pour porter plainte. La police l'interrogea, prit sa déposition et émit un mandat d'arrêt contre Jeffrey. Puis elles rentrèrent toutes deux chez Sydney.

Une fois sa sœur couchée dans la chambre d'amis, Sydney alla se servir un verre de vin dans le salon. Elle était sous le choc et les questions se bousculaient dans son esprit. Elle avait cru que Jeffrey était fou amoureux d'Alicia, et que si sa sœur n'avait plus jamais de temps à lui consacrer, c'était parce qu'elle vivait une histoire d'amour si merveilleuse qu'elle en oubliait tout le reste. Mais, en réalité, si elle passait tout son temps libre avec Jeffrey, c'était parce qu'il piquait des colères quand elle n'était pas disponible. Il exigeait de savoir en permanence où elle se trouvait et lui avait interdit de parler à qui que ce soit, même à sa famille. Et puis, un jour, dans un accès de rage, il l'avait frappée. Ensuite, bien sûr, il s'était mis à pleurer en jurant qu'il l'aimait et ne lui ferait plus jamais de mal. Mais il ne le pensait pas.

Les mots importent peu, les actes ont beaucoup plus de sens.

Sydney sentit son cœur palpiter d'émotion. Peut-être la vérité lui avait-elle échappé. Peut-être n'avait-elle pas accordé aux actes toute l'attention qu'ils méritaient. Pourquoi Malik l'avait-il fait venir à Jahfar, si ce n'était pas nécessaire ? Se pouvait-il qu'il ait voulu arranger les choses entre eux ? Mais dans ce cas, pourquoi ne le lui avait-il pas dit, tout simplement ? Sydney se massa la nuque pour essayer de se détendre. Se pouvait-il, vraiment, qu'il l'ait attirée à Jahfar, puis emmenée dans cette oasis, dans ce but-là ?

C'était un homme plein d'assurance, assez riche et beau pour avoir tout ce qu'il voulait dans la vie. Cela lui paraissait impossible qu'il ait manqué de confiance en lui au point de ne pas oser lui dire ce qu'il avait en tête. Mais peut-être le problème était-il ailleurs. Elle repensa au matin où elle avait rencontré sa mère à Jahfar — une femme froide, amère, superficielle, qui ne témoignait aucune affection à son fils et se répandait en reproches. Malik lui avait appris qu'elle ne s'était jamais vraiment occupée de lui ni de ses frères. Elle n'avait jamais dû leur faire des câlins ni leur dire qu'elle les aimait. Et Malik avait dû apprendre à refouler ses propres sentiments…

Sydney se sentit honteuse, tout à coup. Quelle idiote ! Depuis le début, elle pensait être la seule à souffrir. Elle avait tout ramené à sa petite personne, se dépréciant, convaincue que Malik ne voulait pas d'elle parce qu'elle n'était pas assez exceptionnelle, mais en réalité le problème venait peut-être juste du fait qu'ils n'exprimaient pas leurs sentiments de la même manière. Elle aurait dû le comprendre…

Elle avait réagi en n'écoutant que sa douleur. Une première fois, d'abord, quand elle s'était enfuie de Paris. Puis une seconde fois, après cette nuit d'angoisse dans le désert, quand Malik lui avait avoué que la loi sur les quarante jours n'existait pas. Elle s'était sentie tellement trahie que, lorsqu'il lui avait demandé si elle voulait rentrer chez elle, elle avait dit oui. Elle n'avait pas voulu prêter attention à la tendresse avec laquelle il la tenait dans ses bras, n'avait pas cherché à comprendre le sens de l'aveu qu'il lui faisait, ni du choix qu'il lui laissait de partir ou de rester.

Tout cela ne signifiait pas qu'il l'aimait, mais c'était peut-être un premier pas dans la bonne direction, et elle était vraiment trop bête de se complaire dans sa peine s'il existait une chance pour eux de reconstruire, ensemble, une histoire qui dure. Elle l'aimait, et on n'abandonne pas ainsi les gens qu'on aime, même quand on a la sensation que ce sont eux qui nous abandonnent. Les mots de Shakespeare lui revinrent à la mémoire : *L'amour n'est pas l'amour, qui varie en trouvant que son objet varie, ou recule aussitôt que l'autre a reculé.* Quelle sagesse ils contenaient !

Elle attrapa son téléphone, composa le numéro de Malik d'une main tremblante et, après un instant d'hésitation, appuya sur le bouton d'appel.

Décroche, je t'en prie… Décroche, décroche…

Elle attendit, le cœur battant à tout rompre, mais au bout de quelques sonneries le répondeur se déclencha. Elle hésita à laisser un message — elle ne savait pas quoi dire. Finalement, elle raccrocha, très déçue. Elle essaya de réfléchir au message qu'elle pourrait laisser si elle le rappelait, mais les mots ne venaient pas. *Les mots ne sont que des mots, les actes ont beaucoup plus de sens.* Sydney poussa un profond soupir. Peut-être Malik avait-il raison. Parfois, il fallait savoir agir.

Les jours suivants, Sydney essaya de nouveau de le joindre, mais il ne répondait toujours pas. Elle commença à paniquer. Et si son silence était délibéré ? S'il avait décidé qu'il ne voulait plus jamais la voir ?

Heureusement, Alicia allait mieux. Leurs parents avaient insisté pour qu'elle revienne habiter chez eux quelque temps et leur mère restait toute la journée à la maison pour s'occuper d'elle, ce qui signifiait qu'à l'agence Sydney et son père avaient deux fois plus de travail. Sydney devait assumer une foule de responsabilités nouvelles, et c'était à la fois surprenant et frustrant : surprenant parce qu'elle n'imaginait pas que son père puisse lui faire autant confiance, et frustrant parce qu'elle avait acheté un billet pour Jahfar. Un billet qu'à ce rythme, elle n'allait jamais pouvoir utiliser.

Mais au bout d'une semaine, Alicia et sa mère étaient de retour à l'agence. Alicia avait camouflé son œil blessé sous une épaisse couche de maquillage et repris le travail comme si de rien n'était, s'acquittant de ses tâches avec autant d'efficacité qu'auparavant. Personne ne parlait de Jeffrey.

Sydney devait s'envoler pour Jahfar le soir même. Assise à son bureau, elle ouvrit un courriel de sa mère. Elle lui demandait d'aller visiter une villa, à Malibu, que son propriétaire désirait vendre. Le cœur de Sydney se mit à battre, mais non, ce n'était pas la villa qu'elle avait vendue à Malik. Celle-ci était située deux numéros plus bas. Le rendez-vous était fixé à 17 h 30, et personne d'autre à l'agence n'était disponible pour s'y rendre. Ce n'était pas très pratique pour elle, mais, heureusement, son avion ne partait qu'en fin de soirée ; elle aurait donc le temps de faire cette visite sans trop se presser.

Elle avait déjà mal au ventre à l'idée de se retrouver à Jahfar. Et si Malik n'y était pas ? Dans tous les cas, elle savait qu'il serait alerté de son arrivée. Quand il reviendrait, elle lui dirait qu'elle avait été idiote et qu'elle voulait leur donner une nouvelle chance, en priant pour qu'il ne soit pas trop tard.

Un peu avant 17 h 30, elle gara sa voiture dans la grande allée de la villa de Malibu. La maison de Malik était à deux pas, elle venait de passer devant. Elle lui avait paru inhabitée. Cela ne l'étonnait pas — elle était sûre que Malik allait la vendre très prochainement —, mais elle trouvait cela dommage. Elle se rappelait combien la vue depuis la terrasse était belle. C'était vraiment une maison de rêve. Elle arrivait presque à les y imaginer, elle et lui, contemplant le coucher de soleil, puis se tournant l'un vers l'autre… Un éclair de chaleur la traversa à cette pensée. A cet instant, il lui sembla presque impossible d'être de nouveau avec Malik, mais elle était déterminée à essayer.

Elle prit sa mallette, claqua la portière et monta les marches du perron. De la peur se mêlait à son excitation. Et si Malik la renvoyait chez elle ? Non, elle n'allait pas commencer à envisager le pire. Elle allait tenter le tout pour le tout, et advienne que pourra.

Elle appuya sur la sonnette, affichant par réflexe son plus beau sourire. La porte s'ouvrit aussitôt. Un homme aux cheveux noirs se tenait dans l'entrée et Sydney tressaillit violemment en le voyant. Elle cligna les paupières, se demanda si ses yeux ne lui jouaient pas des tours. L'homme

était grand, mat de peau, avec des traits ciselés. Superbe.
Il ressemblait comme deux gouttes d'eau à Malik, mais
ce n'était pas lui. Son cœur se mit à tambouriner.

— Bonjour, Sydney, dit-il avec un accent jahfarien
très reconnaissable. Je suis Taj.

— Je…

Sa gorge était aussi sèche que le désert du Maktal. Elle
avala sa salive, le regarda avec des yeux ronds. Il devait
se dire qu'elle était complètement idiote.

— Ravie de vous rencontrer, réussit-elle enfin à articuler.

Taj sourit.

— Moi de même. J'ai beaucoup entendu parler de vous.

— C'est vrai ?

— Mais oui. Mon frère a du mal à parler d'autre chose.

Sydney s'immobilisa dans la vaste entrée. Des larmes
de soulagement lui brûlaient les yeux et son cœur déchaîné
galopait dans sa poitrine.

— Malik ? Il est ici ?

— C'est bien possible, dit Taj en lui offrant son bras.
Allons voir ensemble…

Ils traversèrent un immense salon blanc et arrivèrent
sur la terrasse. Là, au milieu d'une profusion de fleurs
aux couleurs vives, se tenait l'homme qu'elle aimait.
Derrière lui, l'océan étincelait sous le soleil de cette fin
d'après-midi. Des mouettes volaient au-dessus des flots
en poussant des cris perçants.

Sydney sentit son cœur se gonfler de bonheur. Malik
portait un smoking et il avait les mains enfoncées dans
les poches de son pantalon. Elle aurait voulu se jeter dans
ses bras, mais elle était paralysée. Elle avait essayé de le
joindre pendant des jours, et il était là. Juste là. Si proche,
et pourtant si lointain.

— Si vous voulez bien m'excuser, dit Taj, je dois aller
me changer.

Sydney opina du chef, la gorge trop nouée pour parler.
Malik ne dit pas un mot non plus, la fixant de ses yeux

sombres. Comme elle aimait ce regard ! Comme elle l'aimait, lui ! Elle était si heureuse de le revoir, son bien-aimé, son magnifique mari.

Il s'avança vers elle. Elle pensait qu'il allait la prendre dans ses bras, mais il ne le fit pas. Elle mourait d'envie qu'il la touche, qu'il lui parle. Se retrouver si près de lui la bouleversait et elle se sentait à l'étroit dans sa peau ; elle aurait voulu se glisser en lui, faire partie de lui.

— Ça me fait plaisir de te revoir, Sydney, dit Malik d'une voix pleine de tendresse, caressant son nom comme il avait caressé son corps.

— Je… J'ai acheté un billet…, bafouilla-t-elle.

Son cerveau refusait de fonctionner correctement. Malik était là, devant elle, et elle voulait tout lui dire en même temps.

— Un billet ? répéta-t-il sans comprendre.

Elle ferma les yeux un instant, serra dans sa main la poignée de sa mallette. Elle avait besoin de se raccrocher à quelque chose de concret pour se rappeler que ce qu'elle vivait était bien réel.

— Pour Jahfar, dit-elle. Je pars ce soir.

— Ah, je vois… C'est dommage.

— Dommage ?

Du bout des doigts, il lui caressa la joue.

— Je voulais te proposer de m'accompagner à une fête.

— Une fête ?

Elle baissa les yeux sur ses vêtements.

— Je… je ne suis pas habillée pour.

— Je me suis permis de te prévoir une tenue pour l'occasion, dit-il d'une voix douce.

Sydney avala sa salive.

— Qu'est-ce que c'est, cette fête ?

— C'est une fête pour nous. En notre honneur.

Son pouls caracolait à la vitesse de la lumière. L'émotion était si forte que tout son corps en fourmillait.

— Qu'est-ce qu'on célèbre ?

Avec un sourire ravageur, il glissa un bras autour de sa taille et l'attira contre lui. Elle releva la tête pour le regarder. Il lui prit sa mallette et la posa sur un transat.

— Je sais que c'est un peu présomptueux, dit-il sans cesser de sourire, mais j'espérais que nous pourrions célébrer la réussite de notre mariage. Notre vie à deux. Notre bonheur.

Une larme roula sur la joue de Sydney.

— Malik…

Il lui posa un doigt sur les lèvres, un doigt brûlant, qui l'électrisa aussitôt. Son corps, sa chaleur lui avaient tant manqué !

— Laisse-moi parler. Ce n'est pas facile pour moi, *habibti*. Je n'ai pas l'habitude de parler de mes sentiments.

Il rougit, crispa les mâchoires. Mais dans ses yeux… Il y avait dans ses yeux des choses qu'elle n'avait jamais vues.

— Pour moi, les mots sont vulgaires et vides de sens. Et pourtant je sais qu'ils peuvent avoir de la valeur, quand ils sont sincères. J'ai entendu beaucoup de mots vulgaires et vides de sens dans ma vie, et je crois que cela m'a poussé à m'en méfier, de manière peut-être un peu extrême…

Il prit une inspiration.

— Je ne t'ai pas dit ce que j'aurais dû te dire, et je le regrette. J'aurais dû te dire que mon monde s'est obscurci quand tu es partie il y a un an. Que ma fierté m'a empêché de venir te chercher quand j'aurais dû le faire. Que j'ai laissé passer trop de temps parce que je continuais à espérer que tu reviendrais de toi-même. Comment se pouvait-il que tu ne reviennes pas ? Je suis le prince Malik Al Dakhir…

Elle sourit et lui mit la main sur la bouche pour le faire taire.

— Nous avons tous les deux fait des choses idiotes, Malik. Je n'aurais jamais dû m'enfuir comme je l'ai fait. C'était un geste impulsif et stupide.

Il sourit à son tour.

— J'aime bien quand tu es impulsive. C'est dans un

moment comme ça que tu as accepté de m'épouser. Mais tu considères peut-être que cela aussi, c'était stupide ? Je ne pourrais pas vraiment t'en vouloir…

Elle secoua la tête, puis elle baissa les yeux vers ses mains qui reposaient à plat sur les revers de sa veste. Le tissu de son smoking était doux et beau. Tout en Malik dégageait cette impression de luxe et d'élégance ; c'était un prince, un dieu. A côté de lui, elle n'était rien…

Il lui fit relever le menton.

— Arrête ça, Sydney.

— Arrêter quoi ?

— De croire que tu n'es pas assez bien pour moi.

— Pas du tout…, dit-elle.

Mais il avait vu juste, bien sûr… Elle laissa retomber le front contre son torse.

— J'y travaille, Malik. Je ne peux pas changer du jour au lendemain.

— Ecoute-moi, Sydney.

Elle releva les yeux vers lui, et l'intensité de son regard la fit tressaillir.

— Tu es la personne la plus exceptionnelle que je connaisse. La plus douce, la plus généreuse. J'adore être avec toi et je veux que tu partages ma vie. Mais ce ne sera pas toujours facile. Tu connais ma mère, maintenant. Elle ne changera pas d'avis sur toi, mais sache que ce qu'elle pense m'est complètement égal. La seule chose qui me préoccupait, c'était la peine que cela pouvait te causer. Mais je n'ai jamais eu honte de toi et je n'ai jamais regretté de t'avoir épousée.

Tout ce qu'il disait l'emplissait de joie.

— Ta mère n'est pas un problème. Du moment que toi, tu es content d'être avec moi, elle peut bien penser ce qu'elle veut.

Elle se mordit la lèvre.

— Tu es content d'être avec moi, n'est-ce pas ? Tu es content qu'on soit mariés ?

Il avait l'air un peu excédé.

— Qu'est-ce que je viens de te dire ?

Sydney rit doucement.

— Je vérifie.

— Qu'est-ce qu'il y a à vérifier ? Je t'ai dit ce que je ressentais, ce que je désirais. Ce que j'ai toujours désiré.

Elle lui caressa la joue.

— Mais tu ne m'as pas épousée juste pour échapper à un autre mariage arrangé… N'est-ce pas ?

Le visage de Malik prit une expression farouche.

— C'est vrai qu'il était hors de question que j'épouse une femme choisie par ma mère. Mais ce n'est pas comme si, à l'âge que j'ai, elle pouvait me forcer. Je t'ai épousée toi parce que je le voulais profondément.

Sydney eut la sensation d'être délestée d'un poids immense, et l'euphorie qui l'emplit à cet instant était telle qu'elle aurait pu s'envoler, lui semblait-il, si Malik ne l'avait pas tenue dans ses bras.

— Je t'aime, Malik. C'est pour te le dire que je voulais aller à Jahfar. Et je sais que tu tiens à moi. Je le sais parce que je vois comment tu te comportes avec moi, et c'est cela qui compte le plus, je l'ai bien compris, maintenant.

— Je ne suis pas sûr que tu l'aies vraiment compris, murmura-t-il, mais je vais te montrer…

Et il lui donna un baiser si brûlant, si fougueux et sensuel qu'elle manqua défaillir. Elle enroula les bras autour de son cou et se cambra vers lui. Son baiser se fit plus ardent encore. Elle voulait lui arracher son smoking, mettre à nu ses muscles lisses, sa peau dorée. Elle voulait caresser son corps et le sentir en elle. Elle voulait s'endormir pelotonnée contre lui et se réveiller dans ses bras, partager ses repas, rire avec lui, même s'ils ne faisaient rien, même s'ils ne parlaient pas.

— Hum hum…

Taj était revenu. Malik serra Sydney contre lui et l'embrassa une dernière fois avant de se tourner vers son frère qui les attendait, en smoking, dans l'entrée. Taj sourit et haussa le sourcil d'un air amusé.

— Alors, vous avez décidé de laisser une chance à mon imbécile de frère, Sydney ? C'est généreux de votre part ; il n'aurait pas eu l'air malin s'il avait dû se rendre tout seul à la fête.

— Taj…, fit Malik d'un ton faussement menaçant.

Sydney rit.

— A vrai dire, je crois qu'on forme un beau couple d'imbéciles. Et, oui, en effet, je l'accompagne à la fête.

— Merveilleux, dit Taj. Dans ce cas, ne tardons pas. Notre carrosse nous attend.

15.

L'hôtel que Malik avait choisi pour la réception était somptueux. Les invités dégustaient des petits-fours, une coupe de champagne à la main, et avaient l'air de bien s'amuser. Une douce lumière baignait la salle. Sydney, le bras glissé sous celui d'Alicia, discutait avec son oncle et sa tante, mais elle avait du mal à se concentrer sur leur conversation. Son regard revenait constamment vers Malik, qui se tenait avec ses frères à l'autre bout de la pièce.

Cette fois, quand elle tourna la tête vers lui, il la regardait lui aussi, et il lui sourit. Et il n'était destiné qu'à elle, ce sourire, songea-t-elle, cette douce courbure de ses lèvres qui disait combien il la désirait, combien il avait besoin d'elle. Combien il l'aimait. Elle avait tant de chance…

Elle pressa affectueusement le bras de sa sœur et se dirigea vers lui, en s'efforçant de marcher d'un pas mesuré, presque nonchalant.

— Tu m'as bien eue, tout de même, dit-elle avec un sourire. Je n'avais aucune idée que tu étais à Los Angeles. Alicia et mes parents ont bien gardé le secret.

— Ils t'aiment, tu sais. Ils sont fiers de toi.

— Parce que j'ai épousé un prince ? dit-elle pour le taquiner.

— Non, Sydney, ils t'aiment pour ce que tu es.

Il l'embrassa. A l'instant où leurs lèvres se touchèrent, elle sentit son corps s'embraser. Son baiser était doux, chaud, délicieux, et plein de passion. Comme elle avait envie de lui !

Un joyeux concert d'applaudissements les ramena à la réalité. Ecarlate, Sydney enfouit son visage dans le cou de Malik.

— Tu penses que ce serait scandaleux si nous partions maintenant ? lui chuchota-t-il à l'oreille.

— Non, au contraire, je pense que c'est le moment *idéal*.

Ils souhaitèrent une bonne fin de soirée à tout le monde avant de monter dans la limousine qui les attendait devant l'hôtel. Une fois à l'intérieur, soudain, ils se turent. Sydney s'installa à un bout de la banquette et Malik resta de l'autre côté.

— Je pense qu'en temps normal je me serais étonnée que tu gardes tes distances ainsi, dit-elle, mais cette fois je crois que je sais pourquoi.

— Je ne demanderais pas mieux que de me rapprocher, mais je connais mes limites. Je préfère attendre. Je veux que cette nuit soit parfaite.

— Si tu savais comme j'ai hâte ! murmura-t-elle dans l'obscurité.

Quand ils atteignirent enfin leur destination, Sydney reconnut la seconde villa qu'elle avait vendue à Malik. Elle l'interrogea du regard.

— Ça me paraissait avoir du sens, dit-il avec un sourire. C'est dans cette villa que nous nous sommes retrouvés. Je l'aime beaucoup.

Ils n'eurent pas le temps d'arriver jusqu'à la chambre. Dès que la porte d'entrée eut claqué derrière eux, ils se jetèrent l'un sur l'autre pour s'embrasser, se toucher, se déshabiller. Puis Malik porta Sydney jusqu'au canapé et s'y étendit avec elle, tandis qu'elle plaquait les hanches contre les siennes et le suppliait de lui faire l'amour.

— Il faut y aller plus doucement, haleta Malik.

— Non, non, je ne veux pas.

Elle noua les jambes autour de sa taille.

— Je t'en prie, Malik. Je n'en peux plus…

Alors elle sentit ses mains se poser sur ses hanches et la soulever, et son sexe victorieux plonger en elle, soulevant en elle une tornade de sensations auxquelles, pour la première fois, il ne se mêlait pas d'inquiétude.

Sydney était couchée dans le grand lit tout contre Malik, épuisée et comblée. Elle n'avait jamais été aussi heureuse de sa vie. La porte donnant sur la terrasse était ouverte et une douce brise marine caressait leurs corps nus. Sydney leva la tête vers Malik et vit qu'il ne dormait pas. Il la regardait. Son cœur bondit dans sa poitrine comme chaque fois qu'elle était près de lui.

— A quoi penses-tu ? murmura-t-elle en traçant du bout du doigt le contour de ses lèvres.

— Au fait qu'il n'existe pas de mots capables de décrire ce moment avec toi. Mais je vais faire de mon mieux avec ceux que j'ai à ma disposition, puisque ce sont ceux qui se rapprochent le plus de ce que je ressens…

Sydney passa la main sur son torse, la glissa dans ses cheveux. Elle adorait toucher son corps. Elle ne s'en lasserait jamais.

— Je suis sûre qu'ils seront parfaits.

Elle le vit sourire dans l'obscurité.

— Alors, je vais les dire.

Il se haussa sur un coude et fit glisser le doigt sur sa clavicule. Malgré la fatigue, Sydney sentit des langues de feu rejaillir en elle. Comme elle revenait vite, l'envie de lui ! Elle posa la main sur sa poitrine, sentit sous sa paume les battements puissants de son cœur.

— Je t'aime, Sydney. Je n'avais jamais cru à l'amour, mais j'y crois maintenant, grâce à toi. Et même si je crains que les mots ne soient pas adéquats, je te le dis : je t'aime.

— Oh ! Malik…, murmura-t-elle, les yeux pleins de larmes.

— Je reste, néanmoins, un partisan de l'action, dit-il en se penchant pour prendre dans sa bouche la pointe de son sein.

— Oh oui, souffla-t-elle en agrippant ses cheveux, le corps palpitant de désir. Moi aussi...

Découvrez en novembre le dernier tome
de la saga *Azur*

La
Fierté des
Corretti
PASSIONS SICILIENNES

*Et si seul l'amour avait le pouvoir
de sauver les Corretti ?*

1er avril   1er mai   1er juin   1er juillet

1er août   1er septembre   1er octobre   1er novembre

Rendez-vous dans vos points de vente habituels
ou en e-book sur www.harlequin.fr

collection *Azur*

Ne manquez pas, dès le 1er décembre

UN MARIAGE POUR NOËL, *Lucy Monroe* • N°3535

10 millions de dollars pour s'occuper des neveux de l'homme d'affaires Vincenzo Tomasi ? Pour Audrey, c'est inespéré : elle a tant besoin d'argent pour financer l'inscription de son jeune frère dans la prestigieuse université où il a été admis ! Et puis, contrairement aux autres candidates uniquement attirées par l'appât du gain, elle sait qu'elle saura offrir tout son amour à ces enfants qui viennent de perdre leurs parents. Mais quand Vincenzo lui apprend que ce n'est pas simplement une gouvernante qu'il cherche, mais une épouse, une femme qui tiendra véritablement le rôle de mère auprès de ses neveux, Audrey sent l'angoisse l'envahir : peut-elle vraiment lier son destin à cet homme qui éveille en elle des sentiments brûlants et… incontrôlables ?

UN ENVOÛTANT SÉDUCTEUR, *Sara Craven* • N°3536

Tavy n'a jamais eu aussi honte de sa vie. Etre surprise par un inconnu, alors qu'elle se baignait nue dans un lac, a déjà été très humiliant. Mais voilà qu'elle vient d'apprendre que ce troublant inconnu n'est autre que Jago Marsh, le scandaleux play-boy qui a récemment racheté le manoir du village, et dont tout le monde parle en ce moment. Pire, il semble désormais déterminé à la séduire… Si pour lui il ne peut s'agir que d'un jeu – n'est-il pas réputé pour son succès auprès des femmes ? —, Tavy sait qu'en cédant au charme de ce séducteur invétéré elle risquerait quant à elle sa réputation et sa tranquillité. Et peut-être aussi son cœur…

POUR L'AMOUR DE ROSA, *Chantelle Shaw* • N°3537

Quand Salvatore Castellano lui demande de renoncer à ses vacances pour s'occuper de sa fille, Darcey refuse net. D'abord, elle vient de perdre son emploi et elle a besoin de temps pour faire le point sur sa vie. Ensuite, cet homme éveille en elle un trouble qu'elle avait juré de ne plus jamais ressentir après la trahison de son ex-époux. Mais à peine pose-t-elle les yeux sur la petite Rosa, qu'elle sait qu'elle n'a pas le choix. Comment abandonner l'adorable fillette à son sort, alors qu'en tant qu'orthophoniste elle pourrait lui permettre de recouvrer l'usage de la parole ? Désarmée, Darcey se résout à s'envoler pour la Sicile où l'attend le château des Castellano. Mais c'est promis : elle résistera au charme ténébreux de Salvatore.

ORAGEUSES FIANÇAILLES, *Victoria Parker* • N°3538

Eva est furieuse. Comment Dante Vitale a-t-il osé l'embrasser, en public, alors qu'il est fiancé à une autre femme ? C'est sans doute sans importance pour ce richissime milliardaire, mais l'entreprise de confection de robes de mariées qu'elle dirige ne survivra jamais à un tel scandale ! Aussi, quand Dante lui apprend ne s'être inventé une fiancée que pour remporter un important contrat, et qu'il lui propose de transformer ce scandale en conte de fées médiatique – un amour bouleversant, plus fort que les convenances – , Eva sait qu'elle doit accepter. Pourtant, jouer à l'amoureuse promet d'être un cauchemar. Car, malgré les années, elle n'a pas oublié ce soir terrible où Dante l'a rejetée alors qu'elle lui offrait son cœur d'adolescente...

UNE INTOLÉRABLE TRAHISON, *Dani Collins* • N°3539

Sirena Abbott. L'assistante la plus efficace que Raoul ait jamais eue, la femme la plus séduisante sur laquelle il ait posé les yeux... et une voleuse. Comment expliquer autrement qu'une importante somme d'argent ait disparu du compte de l'entreprise ? Pire, non contente de le voler, Sirena s'est jouée de lui : n'a-t-elle pas feint la passion dans ses bras – sans doute pour mieux dissimuler son méfait ? Furieux, Raoul se jure de détruire cette femme sans scrupule. Mais, quand Sirena, plus pâle que jamais, s'effondre sous ses yeux, Raoul comprend très vite que la jeune femme est enceinte. Et il se sent alors envahi par des émotions violentes, contradictoires. Car, au fond de lui, il *sait* que l'enfant qu'elle porte est le sien...

LE DÉFI DU PRINCE, *Sharon Kendrick* • N°3540

Prince de Zaffirinthos, Xaviero di Cesare a l'habitude de voir chacun se plier à ses moindres volontés. Aussi, lorsque la jeune réceptionniste du palace anglais où il est descendu le repousse violemment après le brûlant baiser qu'ils ont échangé, il sent un envoûtant mélange d'irritation et d'excitation l'envahir. Jamais aucune femme ne lui a résisté : c'est décidé, avant la fin de son séjour, il fera de la jeune Anglaise sa maîtresse. Et la colère que Xaviero lit sur le visage de la jeune femme ne fait que renforcer sa détermination. Car rien ne l'excite plus qu'un défi... surtout lorsqu'il a les courbes affolantes et le regard effronté de cette Cathy Burton.

LA MAÎTRESSE DE CRUZ RODRIGUEZ, *Michelle Conder* • N°3541

Cinq jours. C'est le temps qu'il reste à Aspen pour réunir l'importante somme d'argent qui lui permettra de sauver Ocean Haven, le haras familial. Aussi, quand Cruz Rodriguez, l'homme qui a fait vibrer son cœur d'adolescente et qu'elle n'a pas revu depuis le brûlant baiser qu'ils ont échangé huit ans plus tôt, fait de nouveau irruption dans sa vie, elle a l'espoir fou qu'il va lui apporter son aide. N'a-t-il pas toujours aimé le domaine ? N'est-il pas richissime ? Oui, il acceptera sans doute de lui prêter l'argent dont elle a besoin. Pourtant, très vite, Aspen doit se rendre à l'évidence : Cruz ne lui rend pas une visite amicale. Il semble même la détester, comme s'il lui reprochait ce qui s'est passé entre eux huit ans plus tôt...

UN MILLIARDAIRE POUR ENNEMI, *Elizabeth Power • N°3542*

Le soir où Emiliano Cannavaro surgit sur le pas de sa porte, Lauren comprend que le moment qu'elle redoutait tant est arrivé : les Cannavaro ont décidé de récupérer leur héritier. Mais c'est mal la connaître. Jamais elle ne laissera Danny, l'enfant que sa sœur a eu avec le frère d'Emiliano et qu'elle élève comme le sien depuis sa naissance, grandir dans cette famille où l'argent tient lieu de principe d'éducation et d'amour parental. Hélas, elle sait aussi que le combat s'annonce inégal. Non seulement Emiliano est richissime, mais en plus il semble ne rien avoir perdu du pouvoir envoûtant qu'il exerce sur elle depuis l'unique – et inoubliable – nuit qu'ils ont passée ensemble cinq ans plus tôt...

UNE AMOUREUSE INDOMPTABLE, *Melanie Milburne • N°3543*

- *Irrésistibles héritiers - 3ème partie*

Mariée à Rémy Caffarelli... Angélique est atterrée. Comment a-t-elle pu en arriver là ? Pourtant, son plan était parfait : s'introduire dans la chambre d'hôtel de l'arrogant milliardaire, et le convaincre de lui rendre Tarrantloch, le domaine familial qu'elle aime plus que tout et qu'il vient de ravir à son père. Ce qu'elle n'avait pas prévu, c'est que les autorités découvriraient sa présence dans la chambre... Or, selon les lois de Dharbiri, seuls un homme et une femme mariés peuvent se trouver seuls dans la même pièce. L'unique moyen qu'elle a aujourd'hui d'éviter la prison, c'est de lier son destin à cet homme qui a toujours fait battre son cœur plus vite – sans qu'elle parvienne à déterminer s'il s'agit de haine ou d'un autre sentiment, bien plus dangereux encore...

L'AMANT DE SAINT-PÉTERSBOURG, *Jennie Lucas • N°3544*

- *Passions rebelles - 1ère partie*

« Si je gagne, tu seras à moi. » En entendant ces mots tomber de la bouche de Vladimir Xendzov, Breanna sent un frisson d'angoisse la parcourir. Vladimir, l'homme qu'elle a follement aimé dix ans plus tôt et qui a aujourd'hui toutes les raisons de la haïr : n'était-elle pas prête à le trahir pour rembourser les importantes dettes de son père et offrir un avenir meilleur à sa jeune sœur ? Et voilà qu'à présent il lui propose un marché : si elle gagne la partie de cartes qu'il lui a proposée, il remboursera toutes ses dettes. Mais si elle perd... non, impossible ! Breanna préfère ne pas songer à ce qui arrivera si elle perd face à cet homme qu'elle n'a jamais cessé d'aimer mais dans le regard duquel elle ne lit plus que haine et mépris.

Attention, numérotation des livres différente
pour le Canada : numéros 1970 à 1977.

www.harlequin.fr

Composé et édité par HARLEQUIN

Achevé d'imprimer en octobre 2014

La Flèche
Dépôt légal : novembre 2014

Pour l'éditeur, le principe est d'utiliser des papiers
composés de fibres naturelles, renouvelables, recyclables,
et fabriquées à partir de bois issus de forêts qui adoptent
un système d'aménagement durable. En outre, l'éditeur attend
de ses fournisseurs de papier qu'ils s'inscrivent dans
une démarche de certification environnementale reconnue.

Imprimé en France